異世界で
もふもふなでなでするためにがんばってます。9
向日葵　ill.雀葵蘭
JN048427

ヴィルヘルト・レガ・ガシェ
ガシェ王国の王太子
パウル
オスフェ家の執事

森鬼
ネフェルティマに名付けられた
元ホブゴブリン
「ちっがーう!! 雪遊びなんだから、雪以外使うのはダメ!!」
ネフェルティマ・オスフェ(ネマ)
転生してきた少女
人間以外の生物に好かれる能力を持つ

「おねえ様、がんばって!!」
「では、遠慮なく行かせていただきますわ!」
ラース
ヴィと契約した聖獣の天虎
カーナディア・オスフェ
ネフェルティマの姉

「俺からは行かないので、いつでもどうぞ」

「……何を？」
グラーティア
フローズンスパイダー

「ママのママにいっぱい食べさせられたやつ」
陸星
ネマから名を授けられたコボルト
「グラーティア、作れるって！」
星伍
ネマから名を授けられたコボルト

なんか
フェイスマスクみたいになってない？

異世界で
もふもふなでなで
するためにがんばってます。9
向日葵 ill.雀葵蘭

《目次》

1 遊んだのは久しぶりだな。 視点：ヴィルヘルト……4
2 うっかりには気をつけよう！……17
3 雪山から洞窟へ。 視点：フィリップ……36
4 聖獣との邂逅、そして……。 視点：フィリップ……55
5 生き物の進化って不思議だよね。……72
6 冒険のあとは休息、報告、また冒険!?……95
閑話 アリさんの生態。……115
7 見よ！ これが光る剣だ！……129
8 忙しないお茶会。……148

9 ダオの交遊会は晴天ナリ！……157
10 友達になれるチャンスは逃さないぞ！……179
11 己にできることはやるべし！……197
閑話 パウルを怒らせるな！ 視点：森島……216
おまけ……231
閑話 とある神官が目覚めた日。……236
番外編 ヴィルは理想が高すぎる。前編 視点：ラルフリード……248
番外編 ヴィルは理想が高すぎる。中編 視点：ヴィルヘルト……263
番外編 ヴィルは理想が高すぎる。後編 視点：ラルフリード……273

1 遊んだのは久しぶりだな。 視点：ヴィルヘルト

フィリップの言っていた期限は過ぎた。

だが、外は朝から荒れていて、昼過ぎまでは吹雪くらしい。

精霊たちが言うなら間違いないし、フィリップたちもこの吹雪で足止めをくらっているのかもしれない。

「……なんでヴィがいるの？」

寝起きの間抜けな顔をしたネマが、俺を見て怪訝(けげん)そうにしたものの、すぐにラースの腹に突っ込んでいった。

パウルに注意されているのにもかかわらず、二度寝しそうな勢いだ。

「本格的に吹雪く前に、こちらに移っていただいたのです。聖獣様がいらっしゃるとはいえ、殿下の身に何か起きてからでは遅いですし」

「……ふぶく⁇」

パウルがネマの顔を拭きながら説明し、スピカが衣装を持って待機していた。

俺の天幕は文様魔法でかなり強固に作られているが、何かあってからでは遅いと、パウルにネマたちの天幕に移動するようすすめられたのだ。

令嬢の身支度はほぼ使用人任せなのは仕方ないが、俺の視線から隠そうとしないのはなぜだ？

「今、凄く雪が降っているんですよ！　私、吹雪って初めてみました！」

尻尾を振ってはしゃぐスピカの様子に、ネマはようやく理解したのか、パタパタと出入り口に向かい外を覗いた。

天幕自体に風が入り込まないよう魔法がかけてあるので、寒さを感じることはなかったが、ネマは顔や頭に雪をくっつけて戻ってきた。

「何も見えなかったー」

これだけ吹雪いていたら、ほんの少し先も見えないだろう。

スピカに雪を拭い取ってもらい、部屋着に着替えたネマは外で遊べないと気落ちしている。

「フィリップおじさんたちは？」

「まだ何も連絡はない」

精霊が生きていると言っているので、心配はしていない。

ただ、別の懸念はある。

フィリップたちの居場所を聞いても、精霊は内緒と口に手を当て、言おうとしない。

こういうことは珍しくもないが、このドトル山で、というのが気にかかる。

ラースと契約をしたばかりの頃、好奇心が抑えられずに他の聖獣のことを尋ねたことがある。

炎竜殿のように居場所を隠していない聖獣のことはすぐにしゃべったのに対し、地竜殿のことは何一つしゃべらなかった。

おそらく、地竜殿が人と関わり合いたくないとお考えだからかもしれない。

風竜殿は一ヶ所にとどまることがなく、聞いてもすぐどこかに行かれてしまう。

つまり、誰にも言うなと精霊たちが口止めされているということは、彼らが慕う存在がこの山にいる可能性が高い。

フィリップが予想外のことに巻き込まれたのかもしれないが、彼らなら自力でどうにかできるだろう。

俺たちは明日、山を下りる。

このまま何事もなくすめばいいが。

外が吹雪いている間、ネマは外で遊べないからと暇を持て余していた。

いつもなら、側に侍(はべ)っている魔物たちと遊んでいるが、その魔物たちは今、個々に寛(くつろ)いでいるからだ。

シンキは天幕の柱にくくりつけた布に寝転がって本を読んでおり、セーゴとリクセーは簡易暖炉の前を陣取って眠っている。

カイは寒いといって、寝台から出てきていない。イナホの姿も見えないので、カイと一緒に寝ているのかもしれない。

つまり、今ネマの相手をしているのは、ハクとグラーティアだけ。

しかし、グラーティアは小さいので、遊ぶと言ってもネマの体を走り回っているようにしか見えない。ハクは大人しくネマの手の上におり、引っ張られたり、揉まれたり、なすがままだ。

ネマは楽しいかもしれないが、ハクはどうなのだろうか？

「ヴィ、ここを持って！」

伸ばしたハクの端を俺に持てと？　何をするつもりだ？　とりあえず、ネマの言う通りにしてみるか。

ハクのふよふよした体を握ると、ネマはニコニコしながらハクを伸ばし続けた。

どこまでも伸びるハクに、ネマは凄い凄いと興奮している。

「せーので手をはなしてね！」

伸びに伸びたハクを、同時に離せばどうなるかを見たいのか。

「せーの！」

ネマのかけ声に合わせて手を離すと、ハクは一瞬で元通りになった。

「もう一回、もう一回！」

再びハクを握らされ、伸ばすネマを見て、少し悪戯心が芽生えた。

ネマよりも先にこの手を離したらどうなるのか……。

誘惑に抗えず、そっと手を離した。

すると、勢いよくハクが元に戻るのは同じだが、その衝撃が伝わったようで、ネマは後ろに転けた。

そのときの驚いた顔が面白くて、つい笑ってしまう。

「むぅ！　ヴィ酷い‼」

「悪い悪い」

文句を言うネマの相手をしばらくしていたが、俺に飽きたのか、すげなくラースへと鞍替えさ
れた。

ラースの方がネマの扱いが上手いので、任せることにする。

子守から解放されたことだし、俺は送られてくる書類を片付けるか。

他国にいようと、書類仕事はできるだろうと容赦なく送られてくる紙の束。それらにすべて目
を通し、俺の裁量で処理できるものは認否を決める。

粗方片付けると、外の天気が回復していた。

「ゆっきぃぃーー‼」

新たに積もった雪に、元気よく駆け出すネマ。

昨日も散々雪で遊んだのに、まだ遊ぶつもりらしい。

「あれ？　ソルがいない……」

外にあるはずの姿がないと首を傾げるネマに、炎竜殿がいない理由を教える。

炎竜殿は吹雪く前に、雪が鬱陶しいから一飛びしてくると言って空へ舞っていった。

どこでどうしているかはわからないが、吹雪いていない山で昼寝でもしていそうではある。

「しょうがないなー」

炎竜殿の方が雪山に慣れているし、ネマも心配することはないと思ったのか、すぐに遊ぶこと
へ意識を切り替えた。

カーナディアもネマに誘われて一緒に雪遊びを始める。

その光景を見ながら、オスフェ家の者は貴族らしくないとつくづく思う。

普通の令嬢なら、こんな雪山に来ないし、そもそも外で遊ぼうなどと考えない。

親に言われるがままに作法や教養を学び、自分を着飾り、少しでもよい家に嫁ごうとする。

子息だって、身分が上の者に取り入ろうとする者が多い。

考えてみれば、オスフェ家だけでなく、建国の英雄たちと呼ばれる五家は貴族としては変わり者の部類か。

あれだけ王族と密にありながら、建国以来どの家の者も裏切ったことが一度もない。

今では五家とも王族の血が入っているので、簒奪を企てる者がいてもおかしくはないのだがな。

ただ、今までがそうだったからといって、これからもそうだとは限らない。

俺が王になったとき、彼らの信を失うことだってありえるのだ。

特にオスフェ家はネマのこととなると視野が狭くなる。

俺たちとて、ネマを易々と他国に渡すわけにもいかない。かと言って、我が国の貴族なら誰でもいいわけでもない。

ネマの力を用いれば、大陸を支配することだって可能だろう。二心を抱くような輩に嫁がせることはできない。

安心なのは五家のどこかになるが、ネマと歳が釣り合うのがゼルナンの孫くらいしかいないと言うのがな……。

まぁ、二、三巡の間に、他の三家に子ができるかもしれないが……オリヴィエとユージンは期待しない方がよさそうだ。

「難しい顔をなされて、どうされましたか？」

パウルに尋ねられて、いやと言葉を濁す。

さすがに、ネマの嫁ぎ先を考えていたなどと言っては、殴られそうだからな。

「カーナディアもネマも、令嬢らしくないと思っただけだ」

「他のご令嬢と比べられるのは遺憾ですね。本人は立派な淑女になろうと頑張っておいでです」

「……日頃のネマの言動を見ていると、立派な淑女にはほど遠いと言うか……」

使用人たちがネマを甘やかしているわけではない。過保護ではあると思うが、パウルは特に厳しく接している方だ。

「ネマお嬢様はお転婆で、言いつけを忘れることが多々ありますが、頭の回転の速さはラルフ様やカーナお嬢様に負けておりません。ネマお嬢様と同じ年頃の子供と接すれば、よくわかると思いますよ」

パウルの物言いに、俺は声を出さずに笑う。

賢いや聡明といった言葉を使わずに、頭の回転が速いと言った。

確かにネマは、歳のわりには状況判断が的確な方だろう。知らない人物には警戒し、ちゃんと外面を取り繕っている。

しかし、一度気を許した人物に対しては甘い。幼いからなのか、無意識にこれくらいなら許してくれると甘えることが多い。

ライナス帝国の皇族への態度がそうだ。

一国を治める王が善だけであるはずがない。必要悪と割り切って、悪どいことに手を出すこともある。

父上も皇帝陛下も、ネマに見せていない顔を持っているのだ。

俺に対しては陰険（いんけん）だの腹黒だの言っているネマだが、父上たちのその部分も気づいているだろうか？

「ヴィ、見て見てー！　大きいの作れたー‼」

丸めた大きな雪を三つ重ねた謎の物体が鎮座（ちんざ）していた。ネマの身長を越しているので、なかなか大きい。

「……なんだ、それ？」

「雪だるまだよ！　かわいいでしょー」

また妙なものを作ったな。

「可愛いか？」

令嬢が好む綺麗なものなどは理解できるが、女性特有の可愛い感性はよくわからない。

特にネマは生き物なら全部可愛いと言いかねない。

さすがに、オーグルを可愛いとは言っていなかったが。

「ヴィは女心をもっと勉強すべきだね。このかわいさを理解できないのかぁ」

煽（あお）ってくる言い方だが、自分の感性が変わっていることをわかっていない奴に言われてもな。

「ま、女心をわからなくても苦労はしていない」

「これだから令嬢に人気の王子様は……」

呆れたように呟いているが、別に俺自身に人気があるわけではない。

次期国王という肩書きが人気なだけだ。

「お前だって年頃になれば、さぞもてはやされるだろう。一応、オスフェ公爵令嬢なんだからな」

「一応は余計だよ！」

頬を膨らませ怒ったかと思えば、今度は胸を張って、オスフェの名に恥じない淑女だと言い出した。

お前……周りをよく見ろ。

カーナディアもパウルも、背伸びして大人ぶりたい子供を温かく見守る保護者の顔をしているぞ。

つまり、淑女にはまだまだ遠いということだ。

そんなことを言えば、再び怒り出しそうなので黙っておく。

「というわけで、ヴィも雪合戦しよー！」

ネマの中で何がどう結論づいたのか不明だが、やや強引に雪合戦に加わることになった。

せっかくなので、本格的にやろうということになり、雪で小さな丘を作ったり、壁を作ったりと、戦闘区域を整えていく。

だが、どうも手ぬるい。

もう少し厳しい状況の方が面白いと、いろいろ口を出した。

シンキに頼んで倒木を持ってきてもらい、戦闘区域をより難しいものに変え、パウルには的を作ってもらった。

魔法、精霊はいっさい禁止。先に的へ雪玉を当てることができた方が勝ちという取り決めにした。

戦力を均一化するために、俺、スピカ、シェル、カイの組とネマ、カーナディア、パウル、シンキの組に分かれる。

カイは頭の上にイナホを乗せているが、動きづらくないのか？

カイには雪玉作りをお願いし、速さのあるスピカで攪乱（かくらん）し、シェルにネマとカーナディアを押さえてもらう作戦だ。

シンキとパウルが野放しになってしまうが、やり合うより隙（すき）をつく方が確実だろう。

「準備はいいか？」

「いいよー！」

「本気で参りますわよ！」

セーゴとリクセーの鳴き声を合図に、試合開始だ。

雪玉は体に当たっても衝撃を与えることはできないので、隙を作るには顔を狙うしかない。

シンキとパウルからの雪玉を避け、一撃必中を狙って放る。

最初は雪玉を使って攻撃していたが、次第に熱が入り、肉弾戦へと変わっていった。

二人の連携は思っていたよりも熟練していて、二対一となると本気を出さざるを得ない。

シンキを吹き飛ばし、パウルの拳（こぶし）を躱（かわ）す。

剣がないことは物足りないが、これはこれで楽しめる。

パウルに蹴りを食らわしたところで、ネマが大きな声を上げた。

「ちっがーう‼　雪遊びなんだから、雪以外使うのはダメ‼」

そう言われても、正直雪玉で遊ぶよりシンキたちと戦う方が楽しい。

やり直しさせられたものの、手を出さないようにするのに苦労した。

あとでシンキと手合わせでもするか。いろいろと発散できるだろう。

雪合戦にネマも満足したのか、今度は冒険だーと言って、魔物たちを引き連れ周辺を歩き回っている。

一応、目の届くところにいるから、パウルも好きにさせるようだ。

しかし、やはりネマはネマだった。

「変なのがいるよ！」

また何か動物と遭遇（そうぐう）したのかと見にいけば、そこにいたのは極悪甲種（こうしゅ）だった。

ただし一匹だけで、少し弱っているようにも見える。

「ネマ、それが極悪甲種だ。村でもらったやつを使ってみたらどうだ？」

涙の素と呼んでいた、なんとも表現のしづらい味がする香辛料は極悪甲種避けになるらしい。

せっかくなので、本当に近寄ってこないのか試してみろと提案する。

「えーもったいない……」

もったいないって、あれを何に使うつもりなんだ？　また、俺の食事に忍ばせる気か？

少し、警戒した方がいいかもしれない。

「お腹空いているんだよ！　私のおやつあげてみる」

天幕から焼き菓子を抱えて戻ってきたネマは、それを雪の上に置き、距離を取った場所で観察し始める。

こういうときの熱意というか、集中力は凄い。何を言っても無駄だ。

「ふぉ！　食べた！」

焼き菓子に食らいつく極悪甲種の姿を見て喜ぶ。

「ここに餌があると覚えられるのはよくないんじゃないか？」

「大丈夫だよ。お菓子を全部持っていけたら戻ってこないはず」

俺が懸念を口にすれば、ネマは自信満々に答えた。それなのに、不確実な言い回しを使うのはなぜだ？

レスティンなど獣騎士たちに教わったけど、自分で確かめていないから確証はないとか、そんな理由からかもしれない。

まぁ、生き物に関しては俺よりネマの方が詳しいので、文句は言えないか。

ネマと一緒に極悪甲種を観察していると、少しだけ食べて、残りを咥(くわ)えて踵(きびす)を返す。

「アリさん、フィリップおじ様を見つけたら助けてあげてね！」

魔物ならまだしも、魔蟲(まむし)は言葉を理解できないだろうと思っていた矢先、ネマはあっと短く声を出した。

嫌な予感しかない。

2 うっかりには気をつけよう！

朝起きたらヴィがいて驚いたけど、吹雪になったからこっちの天幕に来たようだ。

天気が悪いとお外で遊べないなーってぶう垂れていたら、昼過ぎには晴れるとヴィが教えてくれた。

精霊は気象予報士も兼ねていたのか……。ほんと、精霊さんたち便利すぎるよ！　私もおしゃべりできるようになりたい！

精霊の言った通り、昼過ぎには太陽が顔を出した。

お外に出ると、ソルの姿がない。

「炎竜殿は、山を回ってくると言っていたぞ」

あー、たぶん、洞窟（どうくつ）でも探しにいったのかな？

ソル、雪山に住んでいるくせに、雪が体に積もるのが嫌なんだって。

体温で溶けるんじゃ？　と思ったが、そういえばソルの表面はひんやりすべすべだったね。

炎竜なのに雪が積もるのも意外だけどさ。

北の山脈の住処は、ソルが魔法で大きな穴を開けて作ったと言っていた。

なぜ、わざわざ雪山に住むのかと質問したら、精霊が大人しくて静かだからだって。

火の精霊、そんなにソルにまとわりつくのが好きなのか！

——ソルさんやーい。こっちは晴れたよ！

——そうか。ゆっくりと戻るとするか。

——戻ってきたら遊ぼうねー。

——気が向いたら、付き合うとしよう。

気が向かなくても付き合って欲しいんだが。

まぁ、ソルにとっては子守みたいなものだし、無理を言うのはやめよう。

白やグラーティアに飛ばされる遊びをねだられそうだしね。

吹雪のおかげで綺麗な雪が降り積もったから、早速雪だるまを作ることにした。

コロコロと雪の上を転がして、徐々に大きくしていく。

私の真似をしたいのか、白がぴょんぴょん飛び跳ねて、森鬼(しんき)に何か訴えていた。

森鬼はおもむろにしゃがみ込むと、雪玉を作って白の前に置いた。

白よりも先にグラーティアが雪玉に飛びつく。

そして、一生懸命に雪玉を動かそうと悪戦苦闘している。

グラーティア、今の君は蜘蛛(くも)ではなくフンコロガシみたいだよ……。

白がグラーティアの足場になるように位置取り、二匹で雪玉を転がし始めた。

「ぼくたちもやりたい！」

「やりたい！」

コボルト、つまり犬だからボール状のものに目がないのか、星伍(せいご)と陸星(りくせい)もやりたいと訴えてきた。

君たちはどうやって雪玉を転がすのかな？

興味本位で二匹の前に雪玉を置いてみる。

器用に鼻先で押していく姿は、とても犬には見えない。どちらかと言うと……いや、やめておこう。それを口にすれば、星伍と陸星が悲しむ。

みんな一緒になって、雪玉をコロコロ転がしていくと、私のものが一番大きく作れた。

雪だるまは普通二つ重ねるものだが、せっかく三つあるんだしと、森鬼にお願いして全部重ねてもらう。

うーん、これは！

北欧とか、海外で見かける雪だるまだ！

三段でもちゃんと雪だるまだったので、枝で腕を作り、葉っぱをボタンに見立てることにした。

「……物足りないなぁ」

どうせなら、メルヘン風にマフラーや帽子も欲しいところだ。

あ、あと人参(にんじん)ね！

海外の雪だるまの鼻は人参と相場が決まっている‼

パウルに人参もどきをねだり、ついでに私の帽子も乗っけることにした。

「できたー‼」

大きさといい、可愛さといい、傑作(けっさく)だと思う。

お姉ちゃんは可愛いと褒めてくれたのに、ヴィは首を傾げる。
「可愛いか？」
我が国の王子ともあろう者が、この可愛さを理解できないなんて嘆かわしい。
もっと女心を勉強した方がいいよと言ったら、わからなくても苦労しないと返される。
けっ。モテる男は言うことが違うね。
これだから……と嫌味を呟けば、私も年頃になればモテるだろうと言われた。
一応公爵令嬢なんだからと。
「一応は余計だよ！　もう、オスフェの名に恥じないしゅくじょだもん！」
公式の場での礼儀作法もしっかり叩き込まれているし、お勉強もちゃんとやっている。
……お兄ちゃんとお姉ちゃんの勤勉さには敵わないけど。
自信たっぷりにそう宣言したら、ヴィは呆れたようにため息を一つこぼした。
なんとなく言いたいことはわかるぞ。
淑女と言うなら大人しくしろってことでしょ？
しかーし！　淑女であると同時に、私はお子様でもある。
つまり、遊ぶことがお仕事みたいなものだ。
いっぱい遊ぶからこそ、健康的に成長できるのだよ！
だから、早く伸びてくれ！　私の身長‼
私の成長期のためにも、体を動かす遊びは必須。

というわけで、遊ぶなら雪合戦でしょ。

お姉ちゃんとヴィも誘って雪合戦をすることにした。

そして、私は新たな発見をする。

ヴィがとても負けず嫌いだということを‼

雪合戦を始めようとしたら、ただ雪を投げ合うだけではヌルいと言い出した。

雪を掘って塹壕みたいにしたり、掘った雪を小山にして固めたり。それでも足りないと言って、森鬼に倒木まで持ってこさせていた。

言い出しっぺのヴィは動くことなく、ただ指示を出すだけ。

まぁ、王子だし、パウルたちも当たり前のように従っている。

チーム分けをして、的に雪を当てた方が勝ちとなる。

いざ、尋常に勝負‼

……をしていたはずなんだよ。

森鬼とパウルには王子だろうが遠慮するなと言いつけたので、二人は容赦なく雪をヴィに当てにいく。

二対一の戦いだからか、雪だけでなく手足も出るようになり、しまいにはただの格闘になっていた。

私とお姉ちゃんは加わるなんてできるわけもなく、ハイレベルの戦いを見守るしかない。

足場の悪い中、よくも動けるものだ。

コマンドを入力したら、必殺技が出せるのではなかろうか？

……コントローラーはどこだ⁉　必殺技を出したい‼

そう願ったところで、必殺技が出せるようにはならないけど、やっぱり格闘ゲームみたいだよねぇ。

……あれ？　私、今何をやっているんだっけ？

「ちっがーう‼　雪遊びなんだから、雪以外使うのはダメ‼」

そう。私は雪合戦をしていたのだ。けっして格闘ゲームをしたいんじゃない！

肉弾戦を禁止にして、雪合戦を再開した。

ヴィは不服そうだったけど、なんとか形にはなった。

負けたけどな‼

いっぱい動いて満足したので、今度は周辺を冒険だー！

天幕の周りはまばらに木が生えているだけだが、動物はいそう。

動物の巣があったりしないかなぁと、魔物っ子たちを引き連れてウロウロと歩き回る。

耳折れリスもどきのポテは、こんな寒い場所でも元気に木の枝を走り回っているが、巣らしきものは見当たらない。

動物を探し求めていると、私の後ろをトテトテついてきていた稲穂（いなほ）がきゅっと短く鳴いた。

なんだと思う暇もなく、稲穂は雪の上を駆けていき、何もない場所でピタッと止まる。

「稲穂、どうし……」

稲穂の耳がピコピコ動いた次の瞬間。見事に雪に埋もれていた。

稲穂の胴体部分まで見事に雪に突き刺さり、尻尾と後ろ脚だけが見えている。

あの超有名な探偵が出てくるお話の、白いマスクがお馴染みの一家が出てくる事件の再現かと突っ込みたいくらいである。ネタがわかる人がいればだけど。

まぁ、稲穂の行動理由はわかるけど。だって、キツネだし！

あの雪の下に何か生き物がいたのだろう。

聴力は星伍や陸星よりもいいはずだ。

さて、捕まえることができたのかなぁと、稲穂を引っ張りあげてみると、その口に咥えられていたのは棒というか折れた枝？

でも、なんかしおしおしてない？

その正体を見極めようと、咥えさせたまま稲穂を抱き上げる。

——おぎゃぁぁぁぁぁー‼

突如として響き渡る赤ん坊の泣き声。

発生源は稲穂の口元からだ。

驚いて稲穂を落としてしまったが、稲穂はスタンと着地して、謎の生命体を齧り始めた。

——んぎゃぁぁぁぁぁー‼

この小さなものから出ているとは思えない声量。

枝のように見えるが、確実に生きている！

これが何か、なんとなく予想はつくけど、認めたくない気持ちの方が強い。

「森鬼……」

「マンドレイクだ」

尋ねる前に答えを言われた。

そして、やっぱりかぁと天を仰ぐ。

魔物的なマンドレイクってさ、人参とか大根とか蕪あたりじゃないの？

……あっ、ごぼうか！　枝じゃなくてごぼうなのか!!

ごぼうは根菜だし、枝に見えるのも頷ける。

――あぎゃぁぁぁぁーーー!!

稲穂が齧っているのを、星伍と陸星も興味深そうにしている。臭いを嗅いでみたり、舌を伸ばしてみたり。

「ん？　って、稲穂、変なの食べちゃダメ！」

慌てて取り上げようとするも、稲穂は気配を察知して躱す。

――ほぎゃぁぁぁーー！

なんか、ごぼうの悲鳴が徐々に弱くなっている気がする。

それに、マンドレイクの悲鳴を聞いて、私、死んだりしない？

「マンドレイクの声を聞いちゃって大丈夫かな？」

またも森鬼に尋ねるが、今度は首を傾げられた。

質問の意図が伝わらないことに、私も首を傾げる。

「マンドレイクの悲鳴を聞いたら死んじゃうんじゃないの？」

「初めて聞いたな。あの声に驚いて気絶する動物ならいるが」

中には死んだふりをする動物もいるらしく、それを見た人が勘違いをしたのかもしれない。

死なないとわかって一安心だね。

――ほぎゃ……。

マンドレイクは最期に一鳴きして息絶えた。

そして、すべてを綺麗に平らげた稲穂はご満悦だと尻尾が語っている。

分けてもらえなかった星伍と陸星は、耳と尻尾の元気がない。

「マンドレイクって食べても平気なの？」

稲穂は平気でも、何か毒を持っているかもしれない。

魔物も動物と一緒で、ある毒性にだけ耐性をつけて主食にしているものもいるから。

「マンドレイクもいろいろと種類はあるが、ほとんど毒はない。見つけたら取り合いになるくらいのご馳走だな」

ごぼうがご馳走と言われてもピンと来ないが、精がつく的な効果があるみたいだ。

森鬼がまだホブゴブリンだった頃に食べたときには、力が増して、大きな獲物を仕留（しと）めることができたとか。

「よし、みんなでマンドレイクを探そう！」

魔物にとってご馳走ならば、稲穂だけでなく他の子たちにも食べさせてあげたい。

一匹いるならもっといるはず！

というわけで、マンドレイク大捜索を開始した。

みんなで探すものの、先ほどから見つけることができているのは稲穂だけだ。

マンドレイクが雪の下にいるため、星伍と陸星は臭いで嗅ぎ分けることができない。

白とグラーティアは探しているというより、雪に潜って遊んでいる。

——あんぎゃぁぁぁぁぁーーー‼

——おんぎゃぁぁぁぁぁーーー‼

不気味な赤ん坊の泣き声大合唱はとてもうるさかった。

魔物っ子たちの分を確保したので、早速一匹ずつ分ける。

さすがにグラーティアには大きいので、森鬼に小さく刻んでもらってから与えた。

そのときの断末魔が、これまた凄かったけどね。

稲穂は変わらず勢いよく齧りつき、陸星も同じように躊躇なくいった。星伍だけが、念入りに臭いを嗅いでから口にした。

白はすでに体に取り込んで消化を始めている。

「美味しい？」

この子たちの食いつきを見れば明らかではあるが、私としては生のごぼうが美味しいとは思えないのだ。

「主も食べてみるか？」

森鬼もマンドレイクを食べており、ポリポリとたくあんのような咀嚼音をさせている。

音だけなら美味しそうではあるのだが、あの悲鳴を聞いちゃうとねぇ。

でも、気になるのは気になる。

グラーティア用に小さくしたマンドレイクを森鬼からもらい、まずはにおいを嗅いでみた。

予想通り、土のにおいがする。

「黒、お願いね」

人間に害があるものなら、寄生している黒がどうにかしてくれる。死にはしない。そう自分に言い聞かせて、マンドレイクを口に放り込んだ。

奥歯で噛みしめると、じわりと汁のようなものが出たのを感じた。

鼻から突き抜ける独特な香り。

「うぉえぇぇ……」

乙女としてあるまじき声が出てしまったが、それくらいくさい!!

雑草を口にしたときのような、言葉にし難い香りが襲ってきた。

前世で初めてパクチーを食べ、あまりのにおいに悶絶した記憶が蘇る。

「み……みずぅ……」

なんとか気合いで飲み込んだが、気を抜くと逆流してきそう。

水で押し流して、早く黒に消化してもらわねば!!

森鬼から水筒を受け取り、勢いよく水を飲み干す。

あぁぁ、不味かったーー!!

まだ口の中はくさいが、吐き気は治まった。

いくら体にいいものでも、これは生で食べるものではないな!

みんなよく生で食べられるね。やっぱり、魔物と人間では味覚も違うってことか。

それにしても、久しぶりに不味いものを食べたせいで体がびっくりしたようだ。

疲労感でドッと体が重くなった気がする。

そもそも、味覚は食事を楽しむためだけのものではない。

食べてはいけないものを判別する防衛機能だ。

良薬口に苦しと言うが、苦いということは大量に摂取してはいけないものなのだ。

よって、マンドレイクも生薬みたいな効能があろうと、人間は生で口にしてはいけないという結論にいたる。

黒が寄生していても、味覚まではどうしようもできないと身をもって学んだね。

不味いものを口にしたので、美味しいもので口直しがしたい!

というわけで、おやつを食べに天幕へ戻ることにした。

一応、海とラース君も食べるかなと、マンドレイクを二、三匹、お土産として持ち帰る。

あの赤ん坊の泣き声がうるさいのだが、森鬼が葉っぱを口らしき場所に詰め込むと鳴かなくなった。

うーん、窒息死して鮮度落ちたりしないよね？

早く戻ろうと急いでいたら、生き物を発見！

動物かと思って足を止めたら、動物じゃなかった。

「魔蟲だな」

森鬼に言われる前から知ってた。

だって、どう見ても虫の形をしているからね。

大きさを除けば、前世では見慣れた虫だ。

「なんのまむしだろうね？」

魔蟲にも種類がいっぱいあって、甲種(こうしゅ)なのか跳種(ちょうしゅ)なのか不明だ。

ただ、地球と似たような生き物であるなら、おそらく甲種だと思うけど……。

神様、たまにとんでもミックスやらかしているからなぁ。

この魔蟲もよくよく見ると地球産と違いがあるし。

魔蟲なら危険はないと思うけど、怒られるのも嫌なので、近づくのは報告をしてからにしよう。

天幕の場所まで戻ると、ちょうどヴィが暇そうにしていたので声をかける。

「変なのがいるよ！」

ヴィは来てくれたが、ラース君の姿は側にない。

どこにいるのかと探しても見当たらないなぁ。

「ラース君は？」

「ラースなら、あそこで昼寝しているぞ」

そう言ってヴィが指差した先は、雪合戦で使用した雪の小山。

……ん？

先ほどまでは小山だったはずなのに、鏡餅のようなフォルムになっているね。

よーく見ると、黒い縞模様があるような。

雪の小山で丸くなって寝ているラース君だった。

白い毛並みが保護色となり、雪が光を反射して縞模様をわかりにくくしているせいで、特大鏡餅にしか見えないけど。

「なんであんなところで……」

ラース君の上に、大きなみかんを置きたくなるではないか！

「日当たりがいいからだろう」

日当たりがよくても、ネコ科なら暖かい天幕の中とかの方を好みそうなのにね。

お外の方が好きなのかな？

「で、何を見つけたんだ？」

「あ、そうだった。こっち、こっち！」

ヴィの腕を引っ張って、魔蟲がいるところまで連れていくと、お前を甘く見ていたとボヤかれた。

「それが極悪甲種だ」

ほうほう。この子が噂の極悪甲種なのか。

聞いていたより大人しいね。

怪我をしているというわけでもなさそうだし、お腹空いているのかな？

ヴィがあのわさびもどきを使ってはどうだと言ってきたので、もったいないと断る。

あれはシアナ特区に行ったとき、刺身につけて食べるんだい！

もったいないと言ったら、凄く胡乱（うろん）げな目で見られた。

何か怪しまれていることを察知したので、話を変えることにする。

極悪甲種はお腹が空いているはずだと力説し、天幕からおやつを持ってくると言ってヴィの側を離れた。

ふぅ。危ない危ない。

変なことを企んでいると勘違いされて、わさびもどきを取り上げられたら、美味しいお刺身が食べられなくなっちゃう。

スピカにお願いして、多めに焼き菓子を用意してもらう。

それを抱えて極悪甲種のもとへ戻り、ちょっと離れた場所にお菓子を置いた。

私たちは木の陰に隠れて、そっと見守る。

じっくり観察すると、地球産とは違う生き物であると認識できる。

体は私よりも大きく、甲種特有の外骨格は艶やかな栗色だ。ちょっと美味しそう。

触角（しょっかく）に、おにぎりのような形の頭、口元はクワガタの顎（あご）に似ており、トゲトゲしている。

脚は三対で、腹部の膨らみといい、昆虫ならではの特徴が見て取れる。

色を除けば、その姿はオオクロアリに酷似しているが、前脚の先端付近はカマキリの鎌のようにギザギザが発達していた。

記憶にあるアリよりもお腹が萎んでいるので、何も食べていないみたい。あのお菓子食べてくれるかな？

極悪甲種もといアリさんは触角を頻繁に動かし始め、小さく脚も動かしていた。

私たちの姿が見えなくなったと判断したのか、触角で周囲を確かめながらお菓子に近づいていく。

あんなに大きな体で、あんなに細い脚なのに、雪に沈んでいかないのも不思議だな。

昆虫界の鉄板としては、目に見えないほど細かな毛によって、摩擦力がなんとかでってやつだけど。

それとも、アメンボのような表面張力とか？

まぁ、地球の科学で判明していないことを魔法の世界で悩んでも解決できるわけないか。

器用に触角で安全を確かめた場所だけを歩き、お菓子にたどり着いたアリさん。

さらに触角でお菓子を念入りに調べる。

アリさんにとっては小さなお菓子だ。

「ふぉ！　食べた！」

やっと口にしてくれた！

顎がもごもご動いているのを見て、少し感動した。

それなのに、順調に食べていたのが止まる。

再び食べ始めたと思ったら、今度は顎だけでなく、触角と前脚を動かして何かをやっているようだ。

食べているのか？

前脚があるので、口元がよく見えない。

何かこねこねしている？

うーん……まさか……！

私が閃（ひらめ）いたとき、他の極悪甲種が餌があると知って、やってくるんじゃないかとヴィが心配を口にする。

「大丈夫だよ。お菓子を全部持っていけたら戻ってこないはず」

アリは取ってきた餌を肉団子状にして幼虫に与えることがある。先ほどのお菓子は小さくて、一気に持ち運べないから肉団子状にしているんだと思う。一匹で運べるなら、仲間を呼ぶ必要はないしね。

こねこねが終わると、それを咥えて去ろうとするアリさんに手を振った。

「アリさん、フィリップおじ様を見つけたら助けてあげてね！」

その瞬間、ある感覚に襲われる。

「あっ……」

神様……そうじゃない！　そうじゃないんだ‼　『アリさん』は名前じゃないってば‼

今頃、アリさんの額に紋章が浮き出ていることだろう。

ごめんよ、アリさん。

私がうっかり声に出しちゃったから、神様が……神様が悪いんだぁぁぁ！

アリさんという名前になってしまったアリさんは立ち止まり、こちらに戻るべきなのかと私を見つめる。

いいんやで。それをお仲間のところに持っていってあげて。

そう心の中で語りかけると、アリさんは触角をピコピコ動かしてから山の方へ去っていく。

アリさん、達者で暮らすんだぞー！

3 雪山から洞窟へ。視点：フィリップ

滑り落ちた先には大きな氷の裂け目があり、自分の体を止めることができずに落ちていった。

「……フィリップ。起きて、フィリップ」

エリジーナの声がして目を開けると、薄暗くて埃っぽかった。

体を起こして周囲を見回せば、みんなに囲まれていた。

「すまん、状況を教えてくれ」

体に怪我がないことから、エリジーナが治してくれたようだ。

「斜面からの滑落後、氷の裂け目から下に落ちたところまでは覚えているのですが」

コールナンに言われて、ここが氷の裂け目の中でないことに気がついた。

目が覚めたばかりで、頭が上手く働いていないらしい。

空気は冷たいが、手袋から伝わる感触は氷でなく岩だ。

みんなに囲まれていると思ったが、それくらい密着しないといけないほど狭い空間だった。

「氷の下に洞窟があり、運よく洞窟に繋がる穴に落ちたのでしょうか?」

洞窟に落ちたのがよかったかはわからないが、落ちたと思われる穴ははるか上にかろうじて見えた。

「登るのは無理そうだな。別の出口を探そう」

高いところから落ちても、持ってきていた装備は無事だった。

これくらいで駄目になるような装備を身につけていちゃ、一流の冒険者とは言えない。

洞窟で使用する装備は山でも使えるものが多いからと、いろいろと持ってきていたのも正解だったな。

それに、俺たちはレイティモ山の洞窟で散々遊んできた。なんとかなるだろう。

「よかった。アニレーの蜜は無事ですよ」

自分の装備を確認していたコールナンが、蜜の入った魔道具を見せてきた。

また極悪甲種とやり合わずにすむと安堵する。

「ここはどんな洞窟かなぁ」

「魔物の巣窟だったりして」

エリドとショウは軽口を叩きながら準備をし、エリジーナとコールナンは動きやすいようにと、服の袖や裾を結び、今度は動きづらくないかを確認している。

邪魔になるなら脱げばいいということではなく、それらの服にも文様魔法で様々な効果を持たせているから、こういった状況でも脱ぐわけにはいかないのだ。

「じゃあ、進路を確保してくるね」

必要な装備を厳選し、身軽になったエリドが人が一人通れるくらいの隙間に入っていく。

「コールナン、大丈夫だよ！」

コールナンを連れていくのは、彼が土魔法を使えるからだ。

洞窟の壁の強度の確認や難所では多少地形をいじることもする。

そうやって、少しずつ道を作っていき進むのだ。

全員が一休みできそうな中継点を見つけたと、戻ってきた二人に道順を簡単に説明され、俺たちも中に入る。

狭い隙間を装備を引きずりながら進むと、少しだけ広くなった場所で今度は上だと指示される。

「ここからは鉤爪つけた方がいいよー」

そう言うエリドは鉤爪をつけずに両壁に両手両足を張りつけて、するすると登っていく。

器用だと思うが、なんか動物みたいだな。

彼の助言に従い、エリド以外は鉤爪をつける。

ショウ、コールナンは危なげなく登っていくが、念のためエリジーナには命綱をつけて俺の前を進ませることにした。

登りきると、俺たちが登っていたのが巨大な岩の裂け目だということに気づいた。

こっち、こっちと呼ぶエリドについていくと、同じような岩がいくつもある。

岩と岩の間は広く空いていて、跳ぶくらいじゃ到底届かない。

下は見えず、真っ暗な空間があるだけのここを渡らないといけないのか。

伸縮自在の梯子をかけて、巨大な岩を渡っていく。

足を滑らせて落ちたら一巻の終わりなので、ここは全員に命綱をつける。

巨大な岩が終わったと思ったら、目の前には垂直の壁。上を見上げれば、横に広がる穴があった。

　下見をしたエリドがつけてくれた縄があるとはいえ、腕だけでよじ登るのは無理。というか、腕が死ぬ。

　こういうときは、魔道具の登高器を使う。

　一番最初にエリドが登り、先にみんなの荷物を上げる。

　そして、登高器を使い回して順番に登ると、泥臭い水の匂いがした。

「今度はここねー」

　泥臭いはずだ。

　窪みに水が溜まっていて、進路を半分ほど浸している。

　雨水か雪解け水か、どっちでも構わないがこれを進むのかと思うと……ワクワクするよな！

　水に削られたにしては、かなり鋭角な突起があちらこちらに出ている。

「岩肌が尖っているから気をつけて」

「フィリップ、さすがにここは防水の魔道具を使いましょう」

　エリジーナの気持ちもわかるが、この先がどうなっているのかわからない以上、使用制限のある魔道具は温存しておきたい。

「使う判断は各々に任せるが、本当に使いたい場面で使えなくても文句言うなよ」

　そう忠告すれば、エリジーナとコールナンだけが魔道具を使用して、泥水へと入っていった。

　俺たちに比べると体力のない二人だから使うとわかっていたし、いざとなれば俺たちの分を回してやることも可能だ。

自分のできることは自分でやる。

それが冒険者の鉄則ではあるが、仲間でやっているのだから、補える部分は補い合えばいい。

頭以外はすべて泥水に浸かりながらも抜けた先は、まさに絶景と呼べる光景が待っていた。

青い輝きが揺らめき、壁一面を照らす青一色の世界。

氷の洞窟で似たような光景を見たことがあったので、ここも氷だと思った。

「畔石(あぜいし)の池ですね。しかし、これは……魔石？」

洞窟の中に池や湖があるのは珍しくない。

それらはすべて自然が作り出すものだから、ここのように美しいものもあれば、汚くおどろおどろしいものも。

コールナンが慎重に近づき、池の中を覗く。

「フィリップ、この畔石、すべて魔石です！」

氷だと思っていたものは硬質な輝きを放つ魔石で、一つ一つの大きさが尋常じゃない。

しかも、見たことのない謎の石もある。

「こんなに高濃度の魔力を蓄えているなんて、初めて見るわ」

エリジーナの言う通り、貴族でいたときですら、ここまで質のいいものは見たことがない。

視界に入る青い色すべてが、宝の山というわけだ。

いくらか持ち帰ることができれば、セルリアとカーナが大喜びしそうだな。

「この白いやつも魔石なのか？」

ショウの問いかけに、コールナンが険しい顔をした。

おそらく、奴にもわからないのだろう。

「白をまとう魔石は存在しません。もし、これが本当に魔石なら、魔法のあり方が大きく変わりますよ」

本当にそうだったらと考えたのか、コールナンの声がやや興奮している。

魔術師ってやつはこの手の探究心が強いよな。

「それよりも、まずはここから出る方法を考えましょう。出られなければ、魔石だってただの石ころなんだから」

女は現実的というか、歴史に名を残せる大発見かもしれないのに、冷静でいられるんだから凄い。

「そうだな。まずは体を温めてから、先に進もう」

魔石を氷だと勘違いしてしまうくらい、俺の体は冷えきっていた。

泥水に濡れたままにしていたら、そうなるわな。

コールナンに服を乾かしてもらい、そのあとに浄化の魔法をかける。

さっぱりしたところで、エリジーナがお茶を淹れてくれた。

はぁ、生き返る。

温かいお茶が体の中から温めてくれるのがわかるほど、体温が下がっていた。

もう一杯おかわりをして、せっかくなので携帯食で腹も満たしながら、この美しい光景を満喫する。

十分に休憩を取ったら、再びエリドが進路を探す。

今いる場所を基点にして、まずは他に通路があるのかを調べる。

一方は行き止まりで、一方は二つに枝分かれしており、右と左、どちらに行くか聞かれた。

「俺の直感は右だな！」

右の方がやや暗く、幅も狭い。

一見、安全そうなのは左だが、俺の直感は右の方が奥行きがあると告げている。

「こういうときのフィリップの直感は当たるよなぁ」

「凄く変な場所に行くことも多いわよ」

洞窟は危険もあるが、純粋な冒険心を満たしてくれる場所だ。

男なら、誰しも一度は洞窟を探検したいと憧れるだろう？

幾度となく洞窟を制覇したが、何かを発見したことなど片手で足りるくらいしかない。

割に合わなくても、この状況が楽しいのだからやめられない。

早速、右の通路へと入る。

今までの洞窟らしい洞窟というよりは、人の手が入ったような綺麗な道だ。

こういう、特徴がない道の方が迷子になりやすいので、目印としてレイティモ山で採ったバールライトを置いていく。

この石はほのかに発光する性質があり、洞窟探検以外にも重宝している。

しばらく一本道が続いたが、わずかに下っているような感じがするな。

開けた場所に出ると進路が三つに分かれており、一つだけ離れたところにあった。

「こちらから風が吹いています」

その離れた道をコールナンが示すが、俺は首を横に振った。

外を目指すなら、風が吹いている方に向かうのもありだが、俺の直感は隣り合っている右側の穴を行けと言っている。

「こっちだな」

俺が選んだ道は、エリドが屈まないといけないほど低く、幅も狭い。

エリドが槍をショウに預け、中に入っていく。完全に見えなくなると、少しして四つん這いで戻ってきた。

「狭い。けど行ける！」

エリドも調子が上がってきたようだ。

声が弾んでいるエリドを、エリジーナが呆れた様子で見ていたが諦めてくれ。

「また途中で分かれていたから引き返したけど、水の音がしたよ」

水があるとなると少し悩むな。

水没している可能性もあるし、先ほどのような冷たい泥水なら魔道具を使うしかない。

「ちょっと俺も見てくる」

四つん這いで中に入っていくと、確かに水の匂いがする。どんどん狭くなり、腹這いで進むと水の流れる音も聞こえてきた。

途中でまた道が分かれていたが、ここは水の音がする方へ。

進むにつれて大きくなる水の音は、かなりの水量であることがわかる。

手を前に出すと道がなくて、少し驚いた。

道がない先をそっと窺(うかが)えば、なかなか見事な滝があった。

となると、戻ってもう一つの方に進むべきか。ちょっと覗いてみるかと、分岐点まで戻る。

腹這いのまま後ろに下がるのは一苦労だが、もう一つの方に進む。

こちらは徐々に広くなっていくが、また下っているな。

傾斜が急になり始めたので、俺は一度みんなのところへ戻ることにした。

「お帰り、どうだった？」

「先に分岐路があったが、右側は滝があって進めなかった。左は斜面で下の状況がわからない」

「フィリップはその左の斜面の方に行きたいの？」

エリジーナの問いに、俺は素直に答える。

「できれば、滝の下に行きたい」

あの下には何かある。それをどうしても確認したい。

「山の中に滝があるって面白いよな！」

「ショウは足滑らせるから、近寄らない方がいいって」

「もうそんなヘマしねーよ！」

エリドとショウはじゃれ合いながらも、滝へ行く気満々のようだ。

こういうときいつもならコールナンが小言を言ってくるのに、今回は大人しいなと彼を見やれば、真剣な顔をして魔石を睨みつけていた。

俺を待っている間が暇だからと調べ始めたら、周りの声が聞こえないほど集中してしまったんだな。

まぁ、よくあることだ。

「まったく、うちの男たちときたら……」

そうは言っても、エリジーナも俺たちと同じで、この状況を楽しんでいるのを知っている。

生まれ育った街で恋愛をして家庭を築くことだってできた。治癒術師として、食うに困らない穏やかな生活を送ることだってできた。

それなのに、冒険者として俺たちと一緒にいるってことは、結局同類なんだよな。

「まぁまぁ、もっと凄い魔石があるかもしれないだろ？」

「それで喜ぶのはコールナンだけよ。そうね……ライナス帝国の最高級お肉の食べ放題で手を打つわ」

こいつ、ちゃっかり宮殿で情報を仕入れてやがったな！

エリジーナの大好物はとにかく肉だ。肉ならなんでもいいらしい。

依頼で様々な場所に行くと、必ず肉料理を食っている。

時には、俺たちでも躊躇するような生き物の肉だって平気だ。

エリジーナ曰く、肉は美容にいいらしい。

彼女がいい女なのは間違いない。それに肉が関係しているのかは……わからないって言ったら怒られそうだ。

「もうお店の目星をつけているんだろ？」

「ふふっ。楽しくなってきたわね」

「最高級ってことは高いお店だよな？　いいサンペグリムも置いてあるよな？」

エリドの言葉にショウがマジかとため息をこぼす。

前日の賭けの賞品でもあるサンペグリムは、いいものになると金貨の値がつくこともある。

いったい、何枚の金貨が飛んでいくことになるやら……。

「そうと決まれば、早く行きましょう。カーナディア様とネフェルティマ様に心配かけてしまうわ」

「ベルガーたちも長く放っておくわけにはいかないしな。せっかく、難しい依頼で鍛えてやろうと思っていたのに」

ネマに鍛えてくれと頼まれた子供たちは、すぐに音を上げると思ったら、厳しくしても食らいついてきた。

根性があると、ショウはベルガーを気に入って可愛がっている。

ベルガー以外の子供たちは、コールナンに魔法を教わったり、エリジーナから冒険者に必要な知識を教えてもらっている。

　二人も子供たちに素質があると言っているので、将来が楽しみだ。

　たわいもないことをしゃべりながらも、装備を整える手は止めない。

　この先、水場があることが予想されるので、縄や浮き袋の魔道具など、すぐに取り出せるようにしておくのも大事だ。

　斜面を考慮して、先頭のエリドに命綱をつけ、足に装着した鉤爪で傷つけないよう十分に距離を保ちながら狭い道を這いずる。

　分岐点で命綱を固定する金具を打ち込み、エリドが斜面下の様子を見にいく。

　少し時間がかかったが、斜面を降り切った先は地底湖だと告げた。

「コールナン、この場合も地底湖でいいのか？」

　頂上近くから滑り落ちたとしても、山腹付近だと思う。

　山の内部に湖があったとして、地上よりも高い位置にあるのに地底湖と言っていいのか。

「何を今さら。レイティモ山の洞窟にも同じような湖はたくさんあったでしょう。まぁ、地表に面していないので、地底湖と呼んでも通じますが、普通に湖と言えばいいのではないですか」

　自分から聞いておいてなんだが、地底湖の方が聞いただけでも高揚感高まるよな！

「向こう岸はあるみたいだから、コールナンに水質を調べてもらったら泳げるよ」

　というわけで、コールナンに順番を譲り、人に害がある水かどうかを調べてもらうことにした。

　不安定な体勢でやらなければならないので、時間がかかるだろう。

「浮き袋、準備しておけよ」

「泳ぐのだるいなぁー」

ショウは完全に寝っ転がって休んでいる。

地底湖がどれくらいの大きさかわからないが、装備をつけたまま泳ぐのは浮き袋があったとしてもきついのは確かだ。

……浮き袋がなければ、装備の重さで沈むだけだがな。

「ショウは泳ぐの得意でしょう？」

「綺麗な海だったら大歓迎だけどさ」

「また海に行きたいわね」

あれはもう五巡くらい前のこと。

大きな依頼を無事に終わらせたこともあり、休暇と称してラカルパという小さな国に遊びにいった。

ラカルパの気候は穏やかで、国民は温厚で親切な者が多く、海がとても綺麗な国だった。

大陸の南、小国家群の一国なので、今はもう、あの美しい国は荒廃しているかもしれない。

ショウとエリジーナの思い出話を何とはなしに聞いていると、エリドから合図が送られてきた。

カコンカコンと乾いた音は下に降りてこいという意味で、音の正体は縄につけている仕掛けだ。

元々この仕掛けは、レイティモ山に張り巡らされてある結界に、魔物たちが触れないようにと設置した柵についていたもので、仕組み自体は凄く簡単だ。軽量のサンテート同士がぶつかることで音を発するのだが、魔法で遠くまで音が響くようにしてある。

俺たちが使用しているのは、コボルトに改良してもらったもので、音が届く範囲を調節することができる。洞窟内では、音の影響で脆くなる岩なんかもあるからな。

「お待ちかねの泳ぐ時間が来たな」

縄を伝いながら慎重に降りていくと、水面が夜空のように輝いていた。

「凄く綺麗！」

エリジーナは手を止めてこの光景に見入っているが、コールナンが水面に浮かんで待っている姿の方が衝撃だぞ！

「この光っているのルケンス虫か」

綺麗な水にしか生息できない、繊細で微細な水棲虫で、特徴もただ淡く光るくらいしかない。

しかし、これだけ多量にいると圧巻だな。

「おっ！　水が冷たくない！　俺の日頃の行いを女神様が見ていてくれてるってことだ」

ショウが何かほざいているが、この中で女神様が見ているとしたらエリジーナだけだと思うぞ。

先ほどまであんなに泳ぎたくないって言っていたにもかかわらず、ショウは水飛沫を上げて飛び込んだ。

俺も手を水につけてみたが、冷たくはないが温かくもない。

雪解け水じゃないとしたらオンセンか？

レイティモ山で散々オンセンに浸かっていた身としては、この地底湖がオンセンだったとしても認めないけどな。

やっぱりオンセンは熱いくらいの温度でないと。

浮き袋の魔道具を作動させて、全員が地底湖へ入った。

『サンモーラ・クレシオール』

突然、エリジーナが治癒魔法を使ったので何事かと思ったら、彼女の周りにルケンス虫が群がり始めた。

「ハンレイに教えてもらったこと、試してみたかったのよね」

エリジーナによると、治癒魔法を身にまとえば、生き物が近寄ってくるらしい。

レイティモ山では常に何かしらの魔物が側にいるので動物は近寄ってこないし、逆にネマがいると何もせずとも群がってきて効果のほどがわからない。

小さなルケンス虫なら群がられても邪魔にならず、虫だけど嫌悪感はないので試すのにちょうどよかったと。

「今度はネフェルティマ様のように、毛並みのいい生き物に囲まれてみたいわ」

コボルトのちびどもにお願いすれば、治癒魔法を使わなくてもできるだろうと小さく呟いたが、綺麗に無視された。

泳いで渡りきると、水から上がれる場所が物凄く狭かった。

大人一人が立てるくらいの出っ張りしかない。

なので、鉤爪を使ってよじ登る。

「次の順路はあっちだね」

エリドが示した先は頭の上。跳び上がれば手が届くかという、絶妙な位置にある。

そのエリドは軽々と手をかけて、穴の中に入っていった。

そして、ひょこっと顔を出す。

「奥に空間があるよ。そこで服を乾かそう」

すぐにショウも跳んだので、無理そうなエリジーナとコールナンのために俺が足場となる。

穴の真下で壁を背にし、背中をつけたまま腰を落とす。水に落ちないよう腹筋に力を込めて、太ももに足を置くよう言った。

上ではショウが引っ張りあげようと待機しているので、一瞬堪えればいい。

「ありがとう、フィリップ」

「お先に失礼します」

エリジーナ、コールナンの順で上がったが、あいつら容赦なく俺の足に体重かけていきやがった！

俺は平衡（へいこう）を崩して、派手に水へ落ちた。

「あーあ。大丈夫か？」

んなわけあるか！

かろうじて耳が捉えたショウの声に、心の中で毒づく。

装備の重みでどんどん沈んでいくが、無闇に動かず、手探りで先ほどしまった浮き袋の魔道具を取り出した。

魔道具を作動させて、水面を目指す。

「ぷはぁっ！」

水面に顔が出ると、思いっきり空気を吸い込む。

あぁ、空気が美味い！

「お、上がってきた！」

ショウだけは俺を心配して下りてきてくれていた。

彼の手を借りて水から上がり、みんながいるところまで進む。

「遅かったですね」

「お前らのせいで、もう一回泳いでいたんだよ」

笑いながらすみませんと謝るコールナンに、服を乾かしてもらう。

それにしても、セイレーンたちとあの恩人に感謝しないとだな。

俺たちが湖で遊んでいると、彼女たちはよく水中に引きずり込んでくる。

最初は驚いて水を飲んだり、気絶したりなんてこともあった。

彼女たちは遊び半分なのだろうが、命の危険を感じるほど危ない遊びだ。

だからセイレーンの対処方法を考えることにした。

水中では彼女たちの方が断然有利。

身動きの取れない水中でどう立ち回るかを試したが、すぐに息が苦しくなる。

　そもそも、水遊びをするための薄着でそれなのだから、装備をつけてとなるとどう足掻（あが）いても無理だ。

　行き詰まり、解決策がないまま、依頼でミューガ領に行くことになった。

　たまたま入った飲み屋で、たまたまミューガ領主直属の魔物討伐部隊の奴と席が隣り合いになり、水に棲む魔物との戦い方を教えてもらうことができた。

　魔物討伐部隊では、水中でも呼吸できる魔道具を使用して、水に潜って戦うこともあるらしい。

　そのときに気をつけることは、無駄な動きをしないことだと言われた。

　動けば動くほど呼吸が荒く苦しくなるし、陸上よりも酷く体力を消耗するからだ。

　とにかく、隙をついての一斉攻撃が一番有効なのだとか。

　セイレーンに水に引きずり込まれて困っていると言えば、討伐部隊の訓練場で装備を身につけたままの泳法まで伝授してくれた。

　その泳法を使ってセイレーンたちの遊びにも対処できるようになり、水中の魔物退治も成功率が上がった。

　その経験がなければ、洞窟探検もこんなに楽しむことはできなかっただろう。

　服が乾き、少しだけ休憩して先に進む。

　難所という難所はなく、順調に洞窟の奥まで着けば、目の前に滝が現れた。

「すっげー！　あ、滝の裏に空洞があるぜ！」

　ショウが我先にと、滝へと向かっていく。

滝壺の水にもルケンス虫がいて、滝が落ちる波紋に合わせて揺らめいているのが美しい。

足元に気をつけながら、滝の裏にある空洞に入る。まっすぐ進んだ先は大きな空間で、花が咲き乱れていた。

「この花は……」

「まさかでしょ？」

コールナンとエリジーナは信じられないと目を見開き、俺も正直驚いている。

この花の正体を知らないエリドとショウは、別のものに気を取られているようだった。

「フィリップ……あれ……」

エリドが示した先には、水の聖獣の姿があった。

この山が聖獣の住処だなんて、誰も言ってなかったぞ！

4 聖獣との邂逅、そして……。 視点：フィリップ

美しい花が咲きほこる中、中心にポツリといる姿はどこか淋しさを感じる。

思わぬところで聖獣と遭遇し、どうしていいのか困惑していたら、聖獣の方から声をかけてきた。

『人の子が、ここにやってくるのは久しいな』

おいでおいでと手招きをされ、俺たちは聖獣のもとへ向かう。

ライナス帝国の宮殿で見かけた水の聖獣とは違い、とても小さく、ファルファニウスに似ている。

こんなに小さいとは思わなかったが、おそらく氷猿（ひえん）と呼ばれる聖獣だろう。

「聖獣様の住処とは知らず、立ち入ってしまい申し訳ございません」

水の聖獣へ謝罪すると、構わぬと許してくれた。続けて、待っていたと言われ、俺たちは困惑する。

『我の時はまもなく尽きる。その前にこの花を託したかったのだ』

「尽きるとは……」

この前、別の大陸にいるという水竜が創造神のもとへ旅立ったと聞いた。

この聖獣も、旅立ちのときなのか？

『創造主のもとへ帰るのだ。我は長きの間、愛し子を待っていた。しかし、もうよい』

「愛し子でしたら、今、この山に来ています」

愛し子に会うために待っていたというのなら、旅立つのをもう少し待って欲しい。

聖獣に会うためなら、ネマは喜んで洞窟も乗り越えてやってくるだろう。

『炎竜殿の愛し子のことではない。我の愛し子の生まれ変わりが、我に会いにきてくれるのをずっと待っておったのだ』

死者の世界に行った魂は、女神クレシオールのもとで生前に傷ついた魂を癒してから生まれ変わると言う。

この聖獣は愛し子を契約者とし、その愛し子の魂が再びこの世界に生まれてくるのを待っていたということだ。

しかし、生まれ変わると前の生の記憶は消えてしまう。

「愛し子は生まれ変わっても愛し子なのですか？」

『愛し子は世界の理（ことわり）から外れているゆえ、どのように生まれ変わるのかはわからぬ』

世界の理？

よくわからないが、愛し子がそうなのだとしたら、ネマもということになる。

『この世界から弾かれ、別の世界に生まれている可能性もある』

「……別の世界？」

『そう。我が創造主ではない、別の神が創りし世界。そうなれば、我の力は及ばぬ』

「別の世界って……本当にあるのか？」

大人しくしていたショウが、別の世界と聞いて目を輝かせる。

昔から、別の世界があるとは言われていたが、その存在を感じることはない。

それこそ、創造神の眷属でもない限り、只人(ただびと)には触れることすらできない世界だからだ。

『ある。世界ごとに理が異なるゆえ、その世界を創りし神にしか干渉が許されぬが』

なるほど。他の世界の創造神が、このアスディロンに口出しすることはできないというわけか。

もし、神々に序列があった場合、上の位の神からあれやこれやと言われたらたまったものじゃないしな。

「聖獣様の愛し子は、どんな方だったのですか？」

『我の愛し子はエルフであったが人の血も混じっておった。その生まれのせいで苦労していたが、人を惹きつける魅力の持ち主でな。たくさんの種族に囲まれて、国を造りよった』

エリジーナの問いに、懐かしそうに語る聖獣の言葉を聞いて、どこかで聞いたことあるなと思った。

「もしかして、その愛し子とはライナス帝国の初代皇帝とされるロスラン陛下ではございませんか？」

あぁ！　そうだ！

ライナス帝国の初代がエルフの混血で愛し子だったな。

ん？　てことは、この聖獣は……。

『さよう。我が愛し子の名はロスラン』

初代皇帝ロスランの聖獣といえば、ロスランの子とも契約し、ロスラン帝国の礎を築いた皇帝を支え続けたことから、羽翼の聖獣様と呼ばれている。

氷猿に翼はないが、歴代皇帝の聖獣に青天馬が多いので、そんな印象がついてしまったのだろう。

「……諦めてしまうのですか？」

エリジーナは再び巡り合える奇跡を信じているようだが、ロスランが亡くなってすでに十五季近く経っている。

魂が覚えているなら、とっくの昔に現れていてもいいくらいだ。

おそらく、ロスランの魂は思い出すことなく、幾度も生まれ変わっているのではないだろうか？

それとも、本当に別の世界とやらに行ってしまったのか。

いくら聖獣でも、これだけ長い時間を、誰も来ない山奥で待っていては心を病んでしまう。

「エリジーナ、どうするかは聖獣様がお決めになることだ。我々にできることがあれば、力になりますよ」

エリジーナに余計なことを言うなと諫め、聖獣様には最期の願いがあるなら言って欲しいと伝える。

『感謝する、人の子よ。どうか、この花をロスランの子らに渡し、絶やすことなく育てて欲しい』

　聖獣が言うこの花とは、一面に咲き誇るライナーシュの花だ。

　ライナスの語源だと言われているが、二代目皇帝が女神様のもとへ旅立たれると同時に、大陸から姿を消した幻の花。

　五つある花弁の縁が濃い紫で、花弁自体は透き通っている。重なり合う縁の色が模様のように見え、咲き方によってその模様が違っていて、それが美しく儚い。

『創造主は我のわがままを聞き入れてくださった。この花はロスランとの思い出が詰まっておる。だからこそ、強欲な人の手に渡したくはなかった』

　聖獣が言うには、この山の住処を用意したのも創造神だと。

　聖獣が過ごしやすいようにと、洞窟自体を水の魔石に変え、精霊の助けがなくば近づけないようにしてあると言われれば、疑問も湧いてくる。

「精霊の力が必要なのに、なぜ俺たちは洞窟に入ることができたのですか？」

　なんとなく予想はつくが、そこに俺たちの意思が関係なくてもいいのだろうか？

『人の子らは、今の愛し子と面識があるのだろう？　精霊たちが助けを求めていたので、連れてきてよいと我が許したのだ』

　ヴィルヘルト殿下や炎竜殿が俺たちに精霊をつけるとは思えないので、この山にいる精霊たちが俺たちのことを知っていたようだ。

　愛し子が身を案じている人だから助けて欲しい、そう願ってくれた精霊がいたのだろう。

「聖獣様にも、精霊たちにも感謝を」

愛し子が悲しむからと、精霊たちが助けてくれなければ、俺たちはあの洞窟に落ちたときに死んでいたかもしれない。

この聖獣も、俺たちが今の愛し子の知り合いだから、最期の願いを託す気になったのだろう。

ネマありきではあるが、助けてくれたことには変わりない。

自分ができる最上の感謝を伝えるために、俺はガシェ王国の作法に則り、身分が上の者に謝意を示す礼を取った。

「この花をお預かりいたしますが、育てるのに何か特別なことはございますか？」

『精霊たちに任せればよい。ロスランの子らが、契約者として相応しくあり続ければ、花が枯れることはないだろう』

聖獣を通して、精霊にお願いすれば、この花の世話は必要ないのか。

皇族から聖獣の契約者が現れなくなれば、この花は今度こそ創造神のもとへ帰ることになる。

「他の聖獣様ではいけないのでしょうか？」

『ならぬ。この花はロスランの子らにしか、手にすることは許さぬ』

頑なな様子に、この聖獣にとってライナーシュの花が本当に特別なものだとわかる。

それならば、俺にできることは聖獣の気持ちを今の皇族たちに伝えることだけだ。

「わかりました。必ずや、今の皇帝陛下にお渡しし、聖獣様のご意思を伝えることを、フィリップ・シュンベルの名に誓います」

名に誓うことで、俺の誠意は伝わったようだ。

風がないのに、ライナーシュの花が揺れ、葉が擦れる音が精霊の声のように感じた。

真名による誓いは、精霊が見守るとされている。

この聖獣の最期の願いを見届けることができるようになって、精霊が喜んでいるのかもな。

『人の子よ。いや、フィリップよ。そなたの気持ち、このジェイリンにしかと伝わった』

俺が名乗ったから名を返してくれるとは、律儀な聖獣だ。

そう感心していたら、聖獣の側に咲いていたいくつかの花が球体に包まれる。

そして、俺の手元に落ちてきたので受け止めれば、冷たく固い感触がした。

この球体は聖獣にしか壊すことができないから、乱暴に扱っても大丈夫だと教えてもらった。

さすがに、聖獣から預かったものを乱暴に扱うなんてことはしないが、壊れないなら安心だな。

『まもなく陽が落ちる。今宵はここで休むといい』

洞窟に落ちて気を失っていたので、時間の感覚がおかしくなっていたらしい。

まだ昼くらいだと思っていた。

「もうそんな時間でしたか。では、お言葉に甘えて、場所をお借りします」

とは言ったものの、ライナーシュの花がそこらかしこ咲いているので、樹幕を敷くことすらできない。

どうしたものかと悩んでいたら、突然体が浮いた。

何かに背中から押され、均衡を崩したところで持ち上げられたようだ。

『人の子には窮屈かもしれぬが、許せ』

なるほど、聖獣の力か。

水の塊が寝台代わりとなり、花を潰さないために宙に浮いている。

これはこれで、寝心地がよさそうだ。

「いえ、これ以上ない贅沢な寝台ですよ」

「おっもしれー！」

ショウは水の寝台の上で飛んだり跳ねたりして遊んでいる。

「はしたないですよ、ショウ」

そう言うコールナンは外套をしっかりと体に巻いて、すでに寝る態勢に入っている。

エリドはもう目をつぶっているし、お前ら早すぎるだろ。

「聖獣様、精霊様、優しき夜に安らぎを」

エリジーナが就寝時の休み詞を告げると、みんなもそれに倣い聖獣と精霊に休み詞を捧げる。

『人の子らに、優しき夜に安らぎを与えたまえ』

聖獣に祈ってもらったおかげなのか、目を閉じればすぐに眠気がやってきた。

◆　◆　◆

夢も見ることなくぐっすりと寝て起きたら、めちゃくちゃ調子がいい。

この水の寝台のおかげか、それともこの場所のおかげか。

今なら、オーグルと一騎打ちしたって楽勝で勝てる気がする。

調子がいいのは俺だけではなく、エリジーナはお肌の調子がよくなったと喜んでいるし、コールナンも魔力の循環が調子いいようだ。

エリドとショウも、俺同様に力が漲っているな。

『今の愛し子に会えぬのは残念だが、愛し子が役目をなしとげることを願っていると伝えて欲しい』

聖獣に暇の挨拶をすると、ネマへの伝言を預かった。

「承知いたしました」

ネマが愛し子であることは知っていても、愛し子がどんな存在であるかまでは教えてもらっていない。

その役目とやらはネマ自身が知らない可能性もあるが、この聖獣が気にかけるほど大変なことなのか。

『外に出るには、あちらの道を行くとよい。ちょうど迎えも着いたようだ』

「迎え？」

迎えと聞いてとっさに思い浮かんだのがネマたちだが、ヴィルヘルト殿下が約束を違えるとは思えない。

しかし、そうなると心当たりがないのだが？

『行けばわかる。頼んだぞ、人の子らよ』

そう言って、聖獣はうずくまるように丸くなって動かなくなった。

このまま、眠るように創造神のもとへ帰るのだろう。

これ以上留まるのは失礼だと思い、みんなに先を促す。

聖獣が教えてくれた道は緩やかな登り坂で、分岐路も何もない一本道。

広い空間に出たと思ったら、そこには極悪甲種が待ち構えていた。

「ちっ！」

ショウやエリドが武器を構えるも、極悪甲種は動こうとしなかった。

一匹だけだから攻撃してこないのか？

カチカチと牙を鳴らして、極悪甲種は一本の道に入っていく。

すぐに立ち止まって、再びカチカチと音を鳴らす様子は、俺たちを誘っているようでもある。

「どうする？」

「ひょっとして、聖獣様が言っていたお迎えなのかしら？」

もしそうだとしても、なぜ極悪甲種が迎えにくるんだ？

魔物なら、ネマが寄越した可能性もあったが……まさかだよな？

「お前、ネマに言われて来たのか？」

伝わるわけないと思いつつも、極悪甲種に声をかける。

すると、肯定するようにカチカチと牙を鳴らした。

ネマの奴、いつの間に極悪甲種を手懐けたんだ！

あれだけおもりがついていながら、大人しくしていなかったのか⁉

さすがに山頂に近づいていないよな？

極悪甲種が天幕に近づいたのを見落としたのも問題だが、周りの奴らはなんでネマを遠ざけなかったんだ！

あれほど極悪甲種の厄介さを教え込んだはずなのに、足りなかったらしい。

まぁ、ネマが手懐けたのだとしたら襲われることはないだろうが、一定の距離を取りつつ極悪甲種のあとをついていく。

「ねぇ、フィリップ」

エリジーナに名を呼ばれ、極悪甲種から目を離さずに返事をする。

「ネフェルティマ様は怖くないのかしら？」

エリジーナが言わんとすることはわかる。

レイティモ山の魔物たちは、見た目はさほど恐ろしくない。

魔物で一番恐ろしい見た目をしているといえばオーグルだが、ネマは臆（おく）することなく近づいていったらしい。

「ネマは生きているものなら、なんでも愛（め）でるんじゃないか？」

デールから聞く限りでは、ネマは赤ん坊の頃から動物を追いかけ回していたとか。

「でも、極悪甲種よ？　見た目も恐ろしいし、群れている姿なんて、できれば二度と見たくないわ」

俺もできれば遠慮したいな。

でも、確かに、ネマが厭う生き物とかいるのか？

「戻ったら聞いてみるか。ネマに嫌いな生き物がいるかどうか」

ネマがなんて答えるか、ちょっと楽しみだ。

そんなことを話しながら歩いていると、空気が変化した。

「おい、ちょっと待て。本当にこっちであっているのか？」

嫌な気配を感じ取ったのか、エリドとショウも周囲を警戒している。

そんな俺たちを、極悪甲種は気に留めることもなく、早く来いとカチカチ鳴らしているが……。

極悪甲種と俺たちの間を、別の極悪甲種が通った。

別の個体は俺たちに気づくと、忙しなく触角を動かし始めた。

ネマの極悪甲種がその個体に近づき、同じように触角を動かす。

何か意思疎通をしているのかもしれない。

しばらくすると、別の個体はどこかに行ってしまった。

この極悪甲種についていって大丈夫なのかという不安がよぎる。

別の個体との遭遇も増えていき、ここが極悪甲種の巣であることは間違いなさそうだ。

だが、ネマの力のおかげか、極悪甲種たちが襲ってくることはない。

こちらも刺激しないようにしながら、いつでも攻撃できるよう構えたまま進む。

「どうやら、私たちは巣に戻されたようですよ？」

たくさんの極悪甲種が蠢(うごめ)くのを見て、コールナンがそう呟いた。

つい先ほど見たくないと言ったばかりなのに！

自分たちの巣に異物が侵入したのを感じ取った極悪甲種たちが牙を鳴らすと、緊張が伝播(でんぱ)していく。牙の音も相まって群れが一つの巨大な生き物みたいだ。

今、少しでも動いたら、一斉に襲いかかってくるだろう。

嫌な汗が吹き出しているが、それを拭(ぬぐ)うこともできない。

周囲を極悪甲種に囲まれて、これといった打開策も思い浮かばないまま時間が過ぎる。

すると、どうしたことか、牙の音が徐々に小さくなっていく。

「あいつだ……」

ショウの視線の先には、ネマの極悪甲種がいた。

先ほどとはまったく違う気配をまとい、他の個体を威圧している。

ネマが名付けた影響か？

レイティモ山の魔物も、ネマが名付けたものたちは普通とは言えない成長をしていたな。

特に顕著(けんちょ)なのはスライムたちだが、この極悪甲種も何か能力を手に入れた可能性が高い。

極悪甲種たちが大人しくなり、ネマの極悪甲種が前に進むとサッと波が引くように道ができた。

その中をさも当然というふうに歩いていく極悪甲種。

「もしかして、この群れの長(おさ)なのか？」

アニレーが咲く場所にいた一際大きな特異体が上位種だと思っていたんだが、名付けの影響で入れ替わったのかもしれない。

　でなければ、普通の個体に従うことはないだろう。

　ネマの極悪甲種に守られて、無事に巣から出ることができた。

　それなのに、極悪甲種は歩みを止めない。

　ネマがいる天幕まで案内するつもりか？

　まぁ、外に出られればこちらも余裕があるので、あとをついていく。

「こいつが行く道の方が楽だね」

　エリドの言う通り、行きの順路のように足場の悪いところもないし、初心者向けの登山道みたいに安全だ。

　氷熊族（ひゆう）の長が教えなかったということは、日頃から極悪甲種が出現する危険な道として知られているのだろう。

　こいつがいる限り安全な道とはいえ、さすがに夜も歩き通すのは無理だ。

「おい、お前さん。もう陽が暮れる。俺たちはここら辺で休める場所を探したい」

　やはり言葉がわかっているのか、極悪甲種はピタリと止まった。

　真っ黒な目に見つめられると、やたら気まずいのだが……。

　極悪甲種は触角を下げ、先ほどと違ってゆっくりと歩き出す。

　なんか、ため息吐かれた気がする。

　それに、しょげているように見えるのは、この極悪甲種が早くネマに会いたかったとか？

「ネマが名前を付けると、魔蟲も感情豊かになるな」

「確かに。ネフェルティマ様に会えなくて落ち込んでいるように見えますね」

コールナンも俺と同じことを感じたらしい。

力なく進む極悪甲種を見守っていると、大きな岩の隙間に入っていった。

あんな狭いところにあの体が入ることに驚き、自分だけさっさと寝床を見つけてしまうことに呆れた。

「いい性格してるぜ。さ、俺たちも夜営の準備をしよう」

極悪甲種が選んだ岩場の周囲は雪も浅く、少し手を加えるだけで、夜営するには十分な場所になりそうだった。

コールナンが火の魔法で雪を溶かし、天幕を張る地面を整えたあとは、ショウとエリドが天幕を張り、その間に俺とエリジーナは木の枝を集める。

燃えやすいように水気を飛ばした木の枝で火をおこしたら、携帯食を鍋にぶち込んで煮るだけだ。

「そういえば、魔蟲のお肉が美味しいって、ネフェルティマ様が言っていたわ」

干し肉しかないのが不満なのか、エリジーナが極悪甲種のいる岩場を見つめる。

「やめとけ。ネマが悲しむだろ」

「……そうね、残念だけど」

こいつ、本気で残念がっている！

帝都に戻ったら、最高級の肉が待っているぞと言って、エリジーナの気を逸らす。

「あの場所に戻っても、もうみんな帰ってんじゃないの？」

エリドの言う通り、戻ると約束した日数を過ぎている可能性がある。

極悪甲種の巣に入ったのが三日目だったので、洞窟の中でどのくらい気を失っていたのか。

さすがに一晩中なんてことはないだろうから、長くとも色が満ちるくらいだと思う。

そうすると、明日が期限の五日目で、俺たちが着いた頃にはもう立ち去っているかもな。

「そのときはそのときだ」

氷熊族の町まで行けば連絡手段もある。

まぁ、帝都まで戻るには時間がかかるだろうが。

その夜は、正直寝にくかった。

あの水の寝台が気持ちよすぎたせいか、体が硬い地面を嫌がっている。

もう少し、いい樹幕に買い替えようかな。

5 生き物の進化って不思議だよね。

極悪甲種にうっかり名前を付けたことになってしまったのを、なんとか隠し通そうとした。

しかし、そうは問屋（とんや）が卸（おろ）さない。

「ネマお嬢様、隠していらっしゃることを正直にお話ししてくださいますよね？」

「諦めろ、ネマ。あの極悪甲種に何をした？」

チクったのはヴィか‼

こんにゃろーー‼

「……何も……」

「していないなどとは仰いませんよね？」

……パウルが怖い！

これは殺気なのか？　威圧感がハンパないぞ‼

隠し通そうとすると、凄くまずいことになりそうだ。

「うっかり名前を付けてしまいました……」

そう告白すると、はぁっと盛大にため息を吐かれる。

あれが名前になるとは思わなかったと、言い訳をもごもごとしゃべっていたら、パウルに質問された。

「ちなみに、なんと名前を付けたのですか？」

「……アリさんです」

「あの極悪甲種にそんな可愛らしい名前を……」

アリさんだぞ？　これのどこが可愛らしいんだ？

逆に変な名前を付けたと笑われると思ったのにな。

「まぁ、付けてしまったものは仕方ありませんが、他の子たちのように連れて歩くわけにはいきません。ご理解、いただけますよね？」

「……はーい」

でもさ、アリさん一匹じゃ淋しくないかな？

名前付けた影響で仲間外れにされていたらと思うと、できれば連れて帰りたい。

でも、仲間外れにされていないのであれば、引き離すのは可哀想だし。

うーん、アリさんにどうしたいか聞ければ一番いいんだけど。

とりあえず、今後不用意に変な名前を付けないようにと釘を刺されて、放免(ほうめん)された。

だけど、神様がどう判定するかわからないから、気をつけようがないよね？

下手したら、星伍と陸星は『ワンちゃん』って名前になっていたかもしれないって思うと……。

うん、やっぱり気をつけよう！

「そういえば、シンキが持っているものは何かしら？」

お姉ちゃんが先ほど取ってきたマンドレイクに興味を示した。

口とおぼしき場所に詰めた葉っぱを取ると、元気よくおんぎゃーと鳴きわめく。

「マンドレイクだって。この子たちのごちそうだって教えてもらったから、ラース君と海も食べるかなって」

お土産として持ってきたマンドレイクをお姉ちゃんに見せてから、ラース君の口元へ。

しかし、ラース君は匂いを嗅ぐこともなく、プイッと顔を背けた。

「ラースは食事を必要としないし、口にするとしても肉だけだと知っているだろう？」

「でも、食べるかもしれないと思ったの！」

残念ながら海も口にしなかった。

生きたいという欲以外ないから、食欲がそそられないらしい。

仕方ないので、マンドレイクを魔物っ子たちにあげようとしたときだった。

――あばぁ！　ばぶぅ！

マンドレイクの鳴き声が変わった。赤ん坊が上機嫌なときの声だ。

こんな声を出されては、餌としてあげにくい。

はっ！　もしや、これは生存戦略の一つなのか!?

激しい鳴き声で敵を驚かせ、人間などの種族には庇護（ひご）を誘うために赤ん坊を真似ているとしたら、かなり有効な生存戦略だと思う。

――あぱぱぁー！

ふむ。こうして見ると可愛いかもしれない。

これ、土に植えたら繁殖するのかな？

「ネマ、もしかして、それも飼うつもり？」

「ちょっと面白いかなって」

「でも、夜鳴きするんじゃないかしら？」

お姉ちゃんに言われて気がついた。

たくさんのママさんたちを睡眠不足にさせてしまう赤ん坊の夜泣き。

このマンドレイクが夜中に鳴いてみろ。確実に、みんなを叩き起こすよね。

「もしかしたら、ネマお嬢様が赤ちゃん返りしたと噂されるかもしれませんね」

パウルがどこか楽しそうに言う。

いやいや、さすがにそれはないでしょって、私は笑い飛ばした。

「人の口に扉はつけられないと言います」

人が作る慣用句は、文化が違えど似るのか、日本にも似たような言葉があったなぁ……。

今、私の顔は引きつっていることだろう。

これは脅しだ。

もし、マンドレイクを育てたら、噂と称してパウルがこっそり広めるかもしれない。

自分が仕える令嬢にそこまでするかと思うが、パウルならやりかねない。

パウルがこわ……くないけど、私は大人しく諦めることにした。

そして、マンドレイクはおやつとして美味しくいただきました。魔物っ子たちがね。

この日もフィリップおじさんたちは戻ってこなかった。

翌朝、昼前にはここを発つとパウルに告げられる。

「でも、フィリップおじ様は？」

「何か不都合が起きたのでしょう。ならば、我々は言われた通りに動くのが一番よいと思われます」

パウルの言うことはもっともだけど、それでも心配なのだ。

朝食を食べたあとは、パウルたちが帰る準備を進める。

荷物をまとめ、天幕をバラし、私は邪魔だからとかまくらに押しやられた。

かまくらの中でおやつを食べたり、中でじっとしているのも飽きたのでソルと遊んでいたら、あっという間に準備が終わってしまう。

「ネマ、そろそろ行くぞ」

「んーもうちょっと！」

ソルの頭の上に登って、フィリップおじさんたちが戻ってこないか確かめていた。

体の大きなソルが首を伸ばせば、かなりの高さになり、一望とまではいかなくとも、遠くが見える。

わがままなのはわかっているが、もうちょっとを繰り返しての引き延ばし作戦だ。

自分でもせこいと思うが、私が帰ろうと言わなければ、ソルはみんなを運ぶことはしない。

お姉ちゃんやパウルは、あくまで私のおまけ扱いなのだ。

ヴィのことは放置というか、なるべく関わらないようにしているっぽい。ヴィがラース君の契約者なので、ラース君の顔を立てているんだと思う。

ソル、他の聖獣には結構気を使っているんだよね。わかりにくいけど。

私を説得して欲しいってヴィがソルにお願いして、ちゃんと私に聞いてくるのもそのせいだと思う。

『皆を困らせているがよいのか？』

「よくないけどもうちょっと！」

ヴィたちは呆れているようだが、お姉ちゃんだけ気にすることなくシェルに世話されながら読書をしている。

さすがお姉ちゃんである。

私がどういう行動を取るのかよく理解している。

パウルに小言を言われながらも昼過ぎまで粘った。

それでもフィリップおじさんの姿は見えない。

ソルももう諦めたらどうだと言ってくるが、ここで帰ったら後悔する気がするのだ。

『精霊たちもあと少しだと言っている。ここまでくれば最後まで付き合おう』

「ほんと!?　ありがとう、ソル！」

わざわざ精霊に聞いてくれたのか、もう少しでフィリップおじさんたちが戻ってくると教えてくれた。

それをみんなにも伝えて、フィリップおじさんの姿が見えるのを今か今かと待つ。

木々の向こうに、黒い点のようなものが見え、あれかなと身を乗り出した。

「えっ……はぎゃぁぁぁぁぁぁーーー‼」

気づかないうちにソルの頭の端っこまで来ていたらしく、コロリと落ちた。

落ちるという恐怖に、心臓がぎゅーってなってせり上がる。

クッとうさぎさんの肩紐が食い込んだ次の瞬間にはクリッとひっくり返され、背中から上に押し上げられ、なぜかピタリと止まった。

何が起きたのかわからないが、心臓がバクバクと激しく動いている中、うーっすらと目を開けてみる。

わぁ……空が見えるぅぅぅ。

半分ほどの視界には、青空と雲しかなかった。

状況がわからないまま、今度はゆっくりと降下を始める。思い切って、チラッと下に視線をやれば、ソルが見えた。

そう！　下にソルが見えたの‼　つまり、私は今、宙に浮いてるぅぅぅ‼

再び視界を青空に戻す。命綱さえないこの状況に、心臓と内臓と、とにかく全身がキューッとなった。口から心臓が出る感覚はこんな感じなんだな。

無事にソルの頭の上に到着すると、ソルが静かに聞いてきた。

『下ろすぞ』

「……うん、お願いします」

ソルの頭にしがみつき、地面につくまで動かない。胃というか、内臓全部がぐわんぐわんかき混ぜられたような感じで、凄く気持ち悪い。

絶叫系は大好きだけど、事前に心構えができるから楽しめるんだなと、身をもって実感できたよ。

不意打ちのワイヤレスバンジーは確実に私の寿命を縮めたね。

女神様、いつかでいいので、私が死ぬ前にその寿命を返してくれると嬉しいです。

ソルの頭から救出されたグロッキーな私を、パウルが介抱してくれるけど、今はそっとしておいて。お水とか飲んだら吐きそう……。

『すまぬ。人には少しの高さでも危ないのだと失念しておった』

「ソルは悪くないよー」

だって、ソルは地に足をつけていたのだから、まず高いという認識がなかったんだと思う。

いつも空を飛ぶときは籠に入れられるし、落ちるなと念を押してくれる。

そして、私を助けてくれたのは精霊たちだったらしい。彼らも慌ててしまったため力加減を誤り、ソルの頭を通り過ぎて上空へ私を打ち上げたと。

精霊たちもそんなうっかりをやったりするんだね。ちょっと親近感湧いた。

「ネマ、背中のうさぎさんを預かりましょう。その方が休めるわ」

お姉ちゃんの言葉に甘えてうさぎさんを渡すと、パウルが敷いた布の上に寝かされる。

すると、微風が頬を撫ぜ、手足もポカポカしてきた。

私を心配した魔物っ子たちが身を寄せてくれているので、そのおかげかもしれない。

突然、おでこがひんやりとしたので視線だけやると、森鬼の腕が見えた。

「ハクだ。ナノたちが乗せろとうるさくてな」

「ありがと……」

冷たくて気持ちいいな。白はアイスノンだったのか。

……白、ちょっと大人しくしていてくれ。動かれるとくすぐったい。

白は動くことをやめず、しかも段々と面積が増えてきている気がする。

目が覆われ、頬が覆われ、鼻の穴と口だけは空けてくれたけど、なんかフェイスマスクみたいになってない？

あ、でも、白が動くといい感じに気持ちいい。マッサージされているみたい。

「精霊に群がられて凄いことになっているな」

ヴィにそう言われてハッとした。

精霊を見ることができるヴィや森鬼には、私ってどんなふうに見えているの？

前から疑問だったし、いい機会なので聞いてみた。

「そうだな……俺から見たら光の塊か？」

光の塊？　精霊さんが発光しているの⁇

となると、私はクリスマスツリーみたいな感じか。派手なやつは電飾がいっぱいだもんね。それか、イルミネーションされた街路樹。

……なんか嬉しくない。

「気分はどうかしら？　……ハク、ネマの顔を見せてちょうだい」

お姉ちゃんに言われて、白は饅頭型に戻るとぴょんっと飛びのいた。

そういえば、気持ち悪いのもだいぶ治ったな。これなら起き上がっても大丈夫そう。

「顔色も戻ったようね」

お姉ちゃんが頬に手を寄せ、何を思ったかいきなり頬肉を揉み始めた。

「おねえ様？」

「これは……ハクの能力？　でも、スライムに美容系の能力があるなんて研究結果は出ていなかったわよね？　となると、精霊様のお力？」

頬肉をむにむにしながら呟いているお姉ちゃんの目はマジだった。

私の顔、どうかなっちゃったのか？　白に溶かされたりしていないはずだが……。

「子供だから肌質がいいのは当然だけど、それでもこの瑞々しさと肌理はいつものネマの肌ではないし……」

ひょっとして、これは……スライムあるあるでは？

なんでも食べちゃう系のスライムは、お肌の老廃物なんかをピンポイントで食べてくれるエステ能力を持っているってやつ。

「ネマ、宮殿に戻ったらハクを貸してちょうだい」

探究心に火がついたではなく、女心に火がついたっぽい。強い口調で貸せと言われるの、初めてな気がする。

まぁ、貴族の女性は子供から老人まで、美への関心が高いからしょうがないね。

回復するまで休んでいたら、フィリップおじさんがもうそこまで来ていると言う。

「お迎えにいこう！」

「このままお待ちください。すぐに到着しますから」

即座にパウルとスピカに止められた。

耳がへちゃぁっと萎れたスピカに心配ですって言われては、わがままを押し通すのは忍びない。

「わかった。でも、私はもう元気だから安心してね」

スピカの頭を撫でようと手を伸ばすも、相変わらず背伸びしないと届かない。

女神様、さっき縮んだ寿命返さなくていいので、私の成長期を早く返してくれ‼

スピカをなでなでしていたら、星伍と陸星も乱入してきて、いつもの感じが戻ってきた。

「……海の姿が見えないんだけど？」

海だけでなく、稲穂もいない。

まぁ、一緒にいるだろうとは思うけど。

「カイならあそこに」

スピカが教えてくれた先には樹幕が転がっていた。

もうわかっちゃったよね。

寒いなら防寒着を用意するって言っているのに、海はコートの類を着ようとはしない。

海も魔物なので、動きを制限されるものが嫌いみたい。森鬼もそんな傾向があるし。

そうこうしていると、フィリップおじさんたちの姿が！

「フィリップおじ様！　……アリさん⁉」

なぜかフィリップおじさんの隣にアリさんがいてびっくり‼

助けてねとは言ったけど、フィリップおじさんのことわかると思わないじゃん？

アリさん、超能力とか持っているの？

「いろいろと言いたいことはあるが、無事に戻ったぞ！　アニレーの蜜もな」

「おぉ！　さすが紫のガンダル」

拍手もつけて、フィリップおじさんたちを讃える。

そして、言いたいことは飲み込んでくれるとありがたい。

だが、ガシッと大きな手で頭を掴まれた。

「ネマ。極悪甲種が俺たちのことを待っていたとき、山から下りてきて炎竜殿の姿が見えたときに、どれだけ驚いたかわかるか？」

「うぅぅ……」

「俺たちが依頼を成功させても、依頼主に何かあったら失敗と同じだ。心配してくれたのはわかる。だが、それを理由に言いつけを守らなかったのは、俺たちを信用していないから。違うか？」

「ごめんなさい」

フィリップおじさんの冒険者としての誇りを傷つけてしまった。

でも、信用していなかったわけじゃないよ！

おじさんのお叱りは私だけでなく、お姉ちゃんたちにも及んだ。

「カーナ、パウル、スピカ。お前たちはネマに甘すぎる。ネマを縛ってでも、ここを発とうとは考えなかったのか？　その甘さが、生死を分けることになるんだぞ」

いつものだらしない雰囲気ではなく、お仕事中のパパンのようなピリッとしたフィリップおじさんに、お姉ちゃんたちは申し訳ございませんと頭を下げた。

「フィリップおじ様、私がわがままを言ったから、おねえ様たちは悪くないの！」

「いいか、ネマ」

フィリップおじさんは膝を折り、私に目線を合わせて告げる。

「俺は、使用人の言うことをすべて聞け、なんては言わない。それじゃあ人生はつまらない。だから、従うべきか否かを見極められるようになれ。それが判断できるようになれば、甘えられるときは存分に甘え、我慢するときは耐えられるようになる」

フィリップおじさんの自論は独特というか、自身の経験からきているのだろうか？

どうやったら見極められるようになるかと聞いたら、いろんなことを経験するしかないって……。

私、貴族の令嬢にしては結構経験していると思うんだけど、まだ足りないってこと⁉

これ以上、何をやれって言うんだ！

そう反論したら、フィリップおじさんは声を上げて笑った。

「そうだったな。じゃあ、あとは予測だな。カーナにも教えたが、自分の言動がどう影響するかを思いつく限り考えろ」

フィリップおじさんは例えを出してどういうことなのかを教えてくれた。

私がここに残った場合、おじさんがどういうことを予測していたのかを。

まずは悪天候、そして雪崩などの自然現象。

「聖獣様がうっかりネマと殿下以外の者を守るのを忘れるかもしれない。まぁ、カーナもパウルもそんな柔じゃないから、可能性は低いが」

うっかりって……恐ろしいね。

次は、戻るのが遅くなったために飛竜兵団のお迎えと合流できず、ソルのまま宮殿に戻る。

「この場合は炎竜殿の姿を見られ、様々な噂が流れるだろう」

その噂もいいものから悪いものまであり、下手したら私をガシェ王国に帰す方向にまで発展するかもしれないと。

こちらはその後に被害が及ぶ感じだね。

あとは、私が狙われることも考えていたようだ。

神出鬼没と言っていいルノハークだから、可能性が低いとはいえ、絶対にないとは言い切れないと。

逆に、待っていた場合の利点があるのかというと……あまりない。

アニレーの蜜を手にしたからといって、すぐに薬が完成するわけではないし。

しいて言うなら、フィリップおじさんたちの無事を確認できて、みんなが安心するくらいか。

よって、私は言われた通りにフィリップおじさんたちを置いて戻るのが最善の選択だったわけだ。

「瞬時に予測して、最善を判断できるようになれ」

掴まれていた頭を、今度はワシワシと強く撫でられた。

「うー、がんばる！」

そして、お姉ちゃんたちには、私を簀巻(すま)きにできるくらいになれと言っている。

近い未来、私が簀巻きにされる日がやってきそうだな。

「で、この極悪甲種に名前を付けたのか？」

「アリさんって呼んだら名前になっちゃった」

アリさんは、フィリップおじさんが落ちた洞窟まで探しにきてくれたんだって。

「アリさん、ありがとう」

お礼を言うと、アリさんの触角が私に伸びてきた。

服の上からだと何も感じないけど、頬まで触られるとくすぐったい。

——我が王よ。私に道を示して欲しい。

物凄くびっくりした。

頭に聞こえてくる感じは念話に似ているけど、またちょっと違うものだということもわかる。

例えるなら、ソルとの念話は電話で、アリさんのは無線みたいな感じだ。

今まで、魔物っ子たちの言葉みたいなのが流れてきたりはしていたけど、あれは単語の羅列のようなものなんだよね。

アリさんのように流暢なのは、鈴子やシシリーお姉さんといった言語能力を持った子たちくらいしかいない。

アリさん、声を出す器官がないから、やっぱり超能力なんじゃなかろうか。

「アリさん、しゃべれるんだね！　でも、道ってどういうこと？」

すると今度は頭の中に映像が浮かび上がった！

目からの映像と頭の中の映像とで、凄くごちゃごちゃして気持ち悪い。

待って、情報が多くて脳みそ混乱する！

ギュッと目をつぶれば、まるで映画館で映画を観ているときのような感じになり、だいぶマシに。

視覚情報を遮断したのがよかったみたいだ。

でも、音声ないんだけど……。

この大きなアリは女王アリかな？　アリさんの二倍以上あるよ。

……で、女王アリがどうしたんだろう？

――私は王の側にあるべきか。それとも、仲間のもとへ残るべきか。

あ、そういうことか。

やっぱり、なんらかの変化が起きて、出ていけってなっちゃったのかな？

「女王アリ……アリさんのお母さんはなんて言ったの？」

――母たる王は、好きにせよと。ただし、巣を離れれば、二度と戻ってはこれぬとも。なので、どうするかを王に決めてもらいたい。

巣を出てしまえば、もう群れの一員とはみなさないか……ん？

今、私のこと王って言った⁇

「アリさんが言う王って、私のこと？」

――そうだ。群れは王を守り、王は群れを栄えさせるもの。私は母たる王の子だが、王に従う。

極悪甲種は習性もアリに似ているようだ。

アリさんが外に出ていることから、働きアリだろうし、女王アリがいるのなら兵隊アリもいると思われる。

となると、あの有名な働きアリの法則があるのか気になるなぁ。

二割が怠け者と言われている法則だけど、実は交代要員らしいよ。よく働くアリが疲れて休んだら、代わりに怠けていたアリが働くと。アリの生活って年中無休の24時間営業みたいなものだし、特に極悪甲種は冬眠もしないから交代要員は必要だと思うけど。

それはさておき、私が決めるのであれば、パウルに念押しされていることもあり、答えはすでに出ている。女王アリが巣に残ってもいいと許してくれているのなら、残った方がいいと伝えた。

「人にとってはアリさんも天敵のようなもので、私の側にいるとアリさんを傷つけようとする人が必ず出てくる。だから、助け合える家族といっしょにいた方がいいよ」

——王がそう望むなら。

魔物たちとは違い、魔蟲だから主体性がそんなにないのかな？

すんなりと受け入れて、あっさりと帰ろうとするアリさん。

ちょいちょい！

「待って、まだ行っちゃダメ！」

そんなにすぐ帰らなくてもいいじゃないか！

普通に立っているアリさんは、私と同じくらいの高さなので、撫でようとして気づいた。

よーく見ると、全身に毛がある。胴体だけでなく、頭にも触角にも、脚にまでも。

その毛をそっと触ってみると、意外にも固い。ツンツンチクチクって感じだ。

もしかして、ハリネズミみたいに身を守るためのものか？　胸部に比べて腹部の方に多いのは、柔らかい部分をより守るためとも考えられるよね。

ただ、これではなでなでできない！

ならばと、脚を上げてもらって先の方を触ると、こちらも毛があった。体の毛とは違って短く柔らかいけど、他の生き物よりは固めだ。マジックテープの柔らかい方に似ている気がする。

この毛が、雪に埋もれないようにしているっぽいな。

脚自体は地球の昆虫とほぼ同じで、違うのは前脚の突起が発達していること。

目は大きいけど、見えているかはわからないなぁ。洞窟や土の中で暮らしているなら、視力が退化していてもおかしくないし。

「アリさん、お口開けて」

次は口というか立派な顎を開けてもらい、中を観察してみる。

アリの口の中とか初めて見た！

ヒゲみたいなのは、蜜とかを舐めとるためのものかな？

顎のギザギザもめっちゃ鋭い。これで食らいつかれたら、私なんか真っ二つだよ。

……もしかして、極悪甲種がこの大きさなの、獲物の弱点を狙いやすくするためだったりする？

大型の草食獣なら脚に噛みつけそうだし、小型でも首に食らいつきやすそうじゃない？

そうなると、単独でも狩りができてしまうか。群れで大きな獲物を狩る必要がなくなっちゃうね。

「アリさんは群れで狩りをしたりするの？」

――敵が侵入してきたとき、ワームが襲ってきたときは戦えるものたちで対処した。

先ほどと同じように頭の中に映像が流れてきたので、慌てて目を閉じる。

映像はワームと戦っている光景だった。

大きな口を開けて極悪甲種を丸呑みするワーム。極悪甲種たちは噛みついたり、お尻の針を刺したりしているが、ワームの硬い表面を貫くことができない。

アリさんよりも大きな個体が、ワームの体を伝い、口元まで迫る。

そのまま食べられそうだとハラハラしていたら、その個体は口の中に落ちてしまった！

それなのに、同じように口元に近づく個体が何匹かいて、どうするつもりなんだろう？

あの個体たちが何をしているのか見たいのに、映像は口元ではなくワームのお尻の方に。

これ、アリさん視点だからか‼

ワームが体をうねらせると、何匹か下敷きになりそうになるし、体を登っていた個体が降ってくるし。戦況は……戦況はどうなっているんだ⁉

もどかしい気持ちで映像を見続けると、ワームの動きが変わった。

激しくのたうちまわり始めたのだ。

その激しさに何匹か潰されてしまったけど、極悪甲種たちはワームの口元に集まりだす。

アリさんも口元に向かったので、ようやく彼らが何をやっているのかを見ることができた。

口の柔らかい部分にお尻の針を突き刺していたのか！

口の中に落ちた子たちは、消化される前に内部から攻撃をしていたようだ。

そして、おそらく蟻酸（ぎさん）のような毒がワームを蝕（むしば）み、苦しめているのだろう。

今は、極悪甲種が蠢（うごめ）く様子しか見えない。

アリのお尻のどアップもレア映像ですな……。

「普段の狩りは一匹だけでやるの？」

今度は別の映像が流れた。普段の狩りの様子だろう。四匹ほどの極悪甲種が歩いているのが見える。

しばらくすると何かを発見したのか、極悪甲種は足を止め、しきりに触角を動かす。

アリさんの視線の先には、角が独特なヤギっぽい動物がいた。

音もなくヤギもどきに近づいていって、みんなで獲物を取り囲む。

ヤギもどきが気づき、極悪甲種から逃げようと動いた瞬間、前脚へ噛みついていた。

ちょっと待て！　今のはアリの動きじゃなかったぞ‼　スローモーションを希望する！

前脚を掴まれたヤギもどきは、そのままとどめを刺され巣に運ばれていった。

「アリさん、どうやって前脚に噛みついたの？」

――どうやってとは？

「捕まえようとした動物とは少しはなれていたよね？　そんなに素早く動けるの？」

――においで生き物の位置はわかる。あとは追い込んで、触れたら捕らえるだけ。

つまり、取り囲んで強行突破せざるをえないようにし、ヤギもどきが強行しようとした瞬間に仕留めたと？

それに、触れたらって、さっきの映像でヤギもどきはアリさんに触れていた？　コンマ何秒の世界だったら、目で見えないかもしれないけどさ。

いや、でも魔蟲は進化が速いってお兄ちゃんが言っていたし、アリさんの巣だけが独自の進化を成しとげたのかもしれない。

地球でも、とんでも能力を持った昆虫は多いから、可能性は高いよね。

極悪甲種の生態をもっと調べたかったが、時間切れになってしまった。

フィリップおじさんに促され、アリさんとお別れする。

ついでに、私たちの食料の余りをアリさんに持たせた。

その食料がアリさんには小さかったので、取っ手のある籠に入れたのだけど、籠を咥えたアリさんがなかなか可愛らしかった。

6 冒険のあとは休息、報告、また冒険!?

アリさんとお別れしてから、急いで宮殿に戻ることにした。

「今からじゃ、コス湿地帯に到着するのは夜にならないか？　どこかで夜営でもするか？」

フィリップおじさんは聖獣がいても夜の移動は避けた方がいいぞと、懸念を告げる。

夜営と言えば、つまりはキャンプだな！

ついに私の特訓の成果を披露するときが来たようだ！

……この顔ぶれで、私の出番があるかなぁ？

「炎竜殿に急いでもらえば、夕刻には着けるだろう。ネマ、寄り道はいっさいしないからな」

行きよりも速い速度で飛んで、バビューンと運んでもらうつもりか。

ソル、スピードを出すときは高高度を飛ぶし、景色が楽しめないので好きではないのだが……致し方ない。

遅くなったのは私のせいだし。

じゃあ、バビューンと帰りますか。

籠をソルに取りつけたり、荷物を運び込んだりしていると、星伍と陸星が私の方に駆けてきた。

「ラース君に乗りたい！」

「ぼくも乗りたい！」

私がラース君と呼んでいるからか、この二匹もラース君って呼んでいるんだよね。

でも、そこまで仲良くなかったと思うんだけど、ここ数日で苦手意識がなくなったのかな？

私の一存では決められないので、ヴィとラース君にお伺いをたてにいくことに。

「ラース君、星伍と陸星がラース君といっしょがいいって言っているんだけど」

「グルルル」

ラース君の返事をヴィに尋ねると、別に構わないとのことだった。

「よかったね」

お許しが出たので、二匹は尻尾をブンブン振り回して喜んでいる。

「こいつらが乗るのはいいが、誰が抱えるんだ？」

「え、私とヴィ以外誰がいるの？」

ラース君が乗せる人間は私とヴィ以外いないのに、何を言っているんだ。

これ見よがしにため息つかれたけど、うちの可愛い子たちに何か文句でもあるんですかねぇ？

ヴィに陸星を差し出せば、渋い顔してなかなか受けとろうとしない。この子たち、こう見えても重いから、早く受け取って欲しいんだけど。

「どうしたの？」

「……いや」

ヴィが煮え切らない態度をするのは珍しく、私は首を傾げた。

「……小さい動物は苦手なんだ」

はい⁉　何が苦手だって？

ヴィの言葉が信じられなくて、彼の顔をまじまじと見てしまった。

気まずそうに顔を背けるヴィ。

衝撃的な告白だが、うちの魔物っ子たちと遊んでいたではないか！

「でも、白とグラーティアは触っていたよね？」

「ハクはスライムだからな。多少乱暴に扱ったとしても、痛みを感じないだろう。そういえば、グラーティアが原因といえば原因か？」

グラーティアを初めて手にしたとき、魔物とは言え、簡単に潰せそうでどうしたらいいのかわからなかったらしい。

すぐに私が奪い返したから、事なきをえたと。

「星伍と陸星もコボルトだから、か弱くはないよ？」

「わかってはいるが、ラースと比べるとな」

いや、ラース君と比べちゃったら、みんなか弱いよ！

でも、ヴィの気持ちがわからなくもない。

小さい動物はとても可愛いけど、同じくらい儚くも感じる。

小型犬がジャンプしただけでも骨折すると聞いたときの恐ろしさよ！

「この子たちは痛かったりしたらちゃんと言ってくれるよ！」

「そういえば、こいつらもしゃべれるんだったな」

そうそう。この子たちが魔物だって知らない人がいるところではしゃべらないから、私もつい忘れることもあるけど、ちゃんとしゃべれるんだよ。

「だから大丈夫！」

はいっとやや無理やり陸星を抱かせる。

ヴィの抱き方はちょっとぎこちないが、まぁ私の真似をしてくれれば問題ない。関節に負担がかからないよう、体とお尻をしっかりと支えてくれ。

それに、この子たちはお利口なので、すわりが悪いときは自分でポジションを調整するしね。

ラース君に乗せられて、星伍と陸星を受け取り、ヴィが乗ると陸星を引き取ってくれた。相変わらず、私の腰には命綱の魔道具が装着されている。

ラース君とソルが空に舞うと、星伍と陸星のテンションも上がってきたのか、アオーンと遠吠えの合唱を始めた。ソルの方では稲穂も頑張って合唱に参加しているのが可愛い。キツネの遠吠えって、犬よりも高い音なんだね。大人の真似している子犬の声にしか聞こえないけど。

ソルの背中に海の姿はなく、籠の中で樹幕にくるまったままだった。ただでさえ狭いのに、息苦しくないのかな？

雲よりも上に出ると、ソルはスピードを上げる。

いろいろと魔法を重ねがけしてあるので、籠は揺れないとのことだったが……。

本当にびくともしていない。こうなると、ソルは飛行機みたいだね。

飛んでいる間は暇だし、フィリップおじさんから話を聞くことにした。離れていても会話ができるようにと、ヴィが魔法を使ってくれたおかげで声が聞こえるし、声も届く。風の魔法は便利だなぁ。

極悪甲種の体液を塗ったくだりはちょっとうへぇって声が出ちゃった。結局バレて、飛び降りての脱出、逃げた先では氷で滑る、そして足場が崩落してしまうって……フィリップおじさん、お祓(はら)いに行った方がいいよ。絶対、運気下がってるよ！

そのあとの洞窟探検はちょっと、いや、かなり羨ましかったけどさ。

それにしても、あのサイズのアリの集団に襲われるってパニック映画さながらだな。さぞ、恐ろしかったに違いない！

「そういえば、ネマに聞きたいことがあるんだが？」

フィリップおじさんが改まってそう言ってきたので、なんでも答えるよと先を促したら、なかなか返答に困る質問をされた。

「ネマが嫌いな生き物ってなんだ？」

……嫌いな生き物??

嫌いって生理的嫌悪が伴うようなやつ？

うーん、この世界ではまだこれ無理っていう生き物には会ったことないような。

どちらかというと、単体は平気でも群れになるとごめんなさいってなる生き物ならいる。

ルノハーク……あ、虫の方ね。虫全般、いっぱいいると近づきたくないし、それがうぞうぞと蠢いていたらやっぱり嫌だし。

あと、いっぱいいると踏んづけちゃいそうで可哀想だし、踏んだときの感触とかさ……。

「小さい生き物がいっぱい群がっているのが苦手かも」

一種の集合体恐怖症なのかな？

でも、見るだけなら平気なこともあるし、自分のことだけどよくわからないや。

「ルノハークも一匹だけなら平気なの⁉」

「見るだけなら」

エリジーナさんが驚いているけど、一匹だけならアレはコガネムシみたいなものだ。人類の敵に似た形と動きをするが、色だけはコガネムシなんだ！

ただ、地球産と同じで、一匹見かけたら何十匹もいるので即退治を推奨する‼

「ネマ、お前は凄いよ……」

フィリップおじさんに褒められたけど、なんでだ？

そんな感じでおしゃべりを楽しんでいるうちにかなり飛ばしていたらしく、空が茜色になり始めるくらいにコス湿地帯に到着した。

ここはデンジャラスゾーンなので、できれば早く移動したい。

アンフィヴェナボアはいいとして、ブハディが問題だ！　あれには絶対噛まれたくない！

そう思っていると、ソルが降り立った場所からブハディが我先にと逃げ出していくではないか。

大きなヒルもどきがその体をくねらせて、なんとかソルから距離を取ろうとしている姿は……

なんか哀愁（あいしゅう）を誘うね。どんなに頑張っても数センチずつしか進めないいんだもの。

アンフィヴェナボアは巣の中に隠れてしまったようで、あの愉快な頭は見えない。

何匹か、巣の上を通ったブハディをこれ幸いにと捕まえた子たちはいたが。

私が観察に精を出している間、お迎えにきてくれたワイバーンたちはソルに挨拶をして、パウルたちはせっせと荷物の移し替えをしていた。

ワイバーンに籠が装着されると、ここでソルとお別れとなる。また、淋しくなるね。

ソルの顔に乗り上げるようにしがみつき、お礼を伝える。

「ソル、力を貸してくれてありがとう！」

『たまには人の子らと戯れるのも悪くない』

ちょっとした気まぐれだと誤魔化しているが、照れ隠しなのはバレバレである。

そこをいじると拗ねちゃうので、黙っておくのが正解だ。

「きゅーん……」

いまだにソルの頭の上に乗っていた稲穂が悲しげな声で鳴く。

そして、離れたくないとでもいうように、ソルの頭にすりすりと顔をこすりつけ始めた。

「稲穂、ソルとはまた遊べるから、困らせちゃダメよ」

ちょっと失礼と声をかけて、ソルの顔をよじ登り、稲穂のところまで行く。

ソルには悪いが、ソルクライミングもだいぶ慣れてきたよ！

まぁ、落ちても大丈夫なように、ソルが地面に寝そべってくれているおかげなんだが。

稲穂を抱きかかえて、お別れの挨拶しようねと促す。

「きゅーん、きゅぅ」

すると稲穂だけでなく、ブハディで遊んでいた星伍と陸星、ブハディを体に取り込んでいる白もやってきて、また遊ぼうと言っているようだ。私の肩にいるグラーティアもカチカチと牙を鳴らし、ノックスもクルルと可愛らしい声を出していた。

みんなもソルのことが大好きなんだねぇ。

ただ、次の約束をするのはいいが……。

「白、おやつはパウルからもらったものだけにしなさい！」

◆◆◆

宮殿に戻ると、宰相のゼアチルさんに今日は休んで、陛下たちとの謁見は明日にしましょうって言われた。

「じゃあ、俺たちはエルフの森にこれを預けてくる」

「ついでに食事もすませてきますので、お気遣いなく」

紫のガンダルの申し出に、ゼアチルさんは心配そうな様子。

「宰相閣下には申し訳ないが、宮殿は肩が凝るので。それに、そろそろ安い酒が恋しい」

そういうことならと、それ以上ゼアチルさんが引き留めることはなく、フィリップおじさんたちはあっさりと宮殿から出ていった。

いいなぁ。私も帝都の大衆食堂とか行ってみたい！

宮殿に当てられた自室に戻ると、まずは海を寝かせることにする。

朝から元気がなく、ずっと樹幕にくるまったままなのだ。

「海、大丈夫？」

樹幕から顔だけ出している海のおでこに手を当てる。

熱はないけど、この子も魔物なので治癒術師（おいしゃさま）に診せるわけにもいかない。

お兄ちゃんやヴェルだったらなんとかできたかもしれないが。

「うん……ずっと眠い」

「寝ちゃってもいいし、食べられるようなら私の欲を食べていいからね」

おでこから移動し、よしよしと頭を撫でる。

海の髪はキューティクル艶々のサラサラヘアーなので、撫でていればいくらでももふもふ欲が湧き上がるだろう。

「美味しい……」

いつもの恍惚とした笑みではなく、弱く儚げな笑みは別の意味でやばかった。目に毒！

見慣れているはずの私ですら、見惚れたわ！　めっちゃ心臓ドキドキしてるよ‼

この子、この顔だけで国を落とせるんじゃなかろうか？

転生してイケメン耐性はカンストしたと思っていたが、まだ伸びしろはあるみたい。

私がドギマギしている間に海は寝てしまい、森鬼が樹幕ごとお姫様抱っこを……。

あ、絵になるな。私よりお嬢様と騎士って感じが出ている！

「森鬼、そのまま海の様子を見ていてくれる？　苦しみ出したりしたらすぐに教えて」

森鬼はわかったと了承してくれた。稲穂も私を見つめきゅーっと鳴いたので、海の側にいていいよと言ったら、森鬼のあとを追いかけていく。

稲穂にとって海はお兄ちゃん的存在だから心配なのだろう。

病気になったときに独りは心細いし、森鬼と稲穂がいると海も心強いんじゃないかな。

そういえば、私以外の家族が寝込んだところを見たことないような……。

「おねえ様って病気になったことある？」

「わたくしは……ないわね」

「おにい様も？」

「わたくしの記憶する限りでは、お兄様もないし、お父様、お母様だってないわよ」

ひょっとして、チートだから病気にならなかったりする？

風邪みたいな病気は存在しているから、私の知らないバリア的な魔道具でもあるのか？

「オスフェ家の皆様の健康は、わたくしどもが責任を持って管理させていただいておりますので、ご病気にはさせません」

「いつもわたくしたちを気にかけてくれているみんなのおかげね」

お姉ちゃんの言う通り、スーパーマルチな使用人の皆さんのおかげでしたか。

まぁ、これだけ日常生活をお世話してもらっていて病気になるのって、不摂生が原因か生まれつきしかないか。

ただ、私の知恵熱は病気とカウントされないみたい。一晩寝れば治るしね。

「ですので、ご夕食は体に優しいものを用意しております。本日は夜更かしをせず、早めに就寝してください」

パウルにお世話されるがまま、ご飯食べて、お風呂入ってからベッドに横になると、体は正直だった。

ここ数日のマットレス生活のせいか、ベッドの柔らかさが心地いい。

おやすみの挨拶をして、目を閉じる。お姉ちゃんのいい匂いと温かい体温に包まれて、夢も見ずぐっすりだった。

たっぷり寝たおかげか、空腹で目が覚める。

パウルに珍しいと言われたけど、最近はそこまで寝起きが悪いことはない……はず。

海も寝たらよくなったようで、起きてすぐにお腹空いたってくっついてきた。

寒さで弱っていたのかもしれないね。

一安心したら、朝食も美味しく感じる。

それから、帰ってきた報告のお手紙を家族やダオたちに書いている途中で、陛下の侍従が呼びにきた。

お姉ちゃんと一緒に謁見（えっけん）の間に通されると、すかさずラース君が来てくれたので挨拶もふもふを交わす。

すると、ユーシェが鼻息荒く顔を突っ込んできて、少々面食らったよ。

「ユーシェ、おはよう」

　ユーシェの顔を撫でると、もっと撫でろと押しつけてくる。

　いつもより甘えっぷりが激しい気がするなぁと思っていたら、サチェがやってきてユーシェに噛みついた！　嫌がるユーシェ！

　ケンカが始まるのかと慌てていると、ラース君の咆哮（ほうこう）が謁見の間に轟（とどろ）いた。

　私にはちょっとうるさいくらいにしか感じなかったが、警衛隊の人たちやフィリップおじさんたちが耳に手を当て痛がっている様子を見ると、本当は鼓膜（こまく）が破れそうなほど大きな咆哮だったのかもしれない。

　じゃれるのをやめたユーシェとサチェが、やや不満そうに陛下たちのところへ戻っていくのを私はポカンと見つめていた。

「ラース殿、ユーシェが申し訳ない」

「サチェも少し戯（たわむ）れが過ぎた。この通りだ」

「陛下方に非はないと言っているので大丈夫ですよ」

　陛下と先帝様がラース君に対して謝ると、ラース君は短く鳴き、ヴィが言葉を代弁する。

「あとでネフェルティマ嬢との時間を作るから、今は許せ」

　陛下がそう言うならといった様子で、ユーシェとサチェは大人しくお二人の側に侍るが、ラース君に怒られたことに関しては、堪（こた）えてないようだ。

「では早速、紫のガンダルの報告から聞こうか」

「依頼にあったアニレーは無事にエルフの森の長にお渡しすることができました。早速、薬を作ってくれるそうです。そして、私たちはドトル山の洞窟で、聖獣様とお会いしました」

……聖獣だって⁉　初耳なんですけど‼

私以外にも驚いている人は多く、ざわめきが収まってからフィリップおじさんは続けた。

「その聖獣様に、契約者の子孫である陛下へあるものを託して欲しいとお願いされました」

ライナス帝国の皇帝は皆、聖獣の契約者なので、何代目かの皇帝の聖獣があの山にいたのかな？

「その聖獣様の名は？」

「羽翼（うよく）の聖獣、ジェイリン様です」

その名前が出たとたん、先ほどよりも大きなざわめきが起こる。

羽翼の聖獣って確か、ライナス帝国の歴史に名が残る有名な聖獣をそう呼ぶんだっけ。

一番有名なのは、初代ロスランと二代目皇帝を契約者とした水の聖獣で、あとは戦争やっていた時代に皇帝とともに国を守り切った聖獣だと、本で読んだことがある。そういった聖獣は名前も残されていて、ジェイリンは確か初代皇帝の聖獣の名前だったはず。その聖獣がいたの？

「託されたものとはいったい……」

さすがの陛下も驚きを隠せないようだ。

側仕えの人が、託されたものとやらを受け取ろうとフィリップおじさんのもとへ向かうが、おじさんはそれを拒否した。

「申し訳ございませんが、ロスラン陛下の子孫にと言われておりますので」

「そういうことなら、僕から陛下にお渡ししよう」

ルイさんならと、フィリップおじさんは託されたものを差し出す。

私がいる場所からはそれが丸い何かとしかわからなかったけど、ルイさんの表情が変わったのはばっちり見えた。

そして、陛下に渡すと、一言二言、言葉を交わしてから元の場所へ戻る。

「……これはライナーシュの花で間違いないか？」

陛下の問いに、フィリップおじさんはそうだと答える。

陛下は丸い何かを掲げ、中にあるらしい花を見つめた。その後、先帝様へと譲り、先帝様も真剣な目でそれを吟味(ぎんみ)している。

「その器は聖獣様にしか壊せず、花は精霊に任せよと」

ライナーシュの花って、ライナス帝国の国花みたいなやつじゃなかったっけ？

絶滅したというよりは、一夜にして消え去ったという伝説の花だと記憶しているが。

「聖獣様は、ロスラン陛下との思い出の花なので、ロスランの血族以外には渡したくないと仰っておりました。ですので、どうか皇族の皆様でお守りいただきたい」

「我がライナスへ宝を届けてくれたこと、深く感謝する」

「もったいなきお言葉」

「それで、ジェイリン様の様子はどうであったか？」

フィリップおじさんは少し逡巡したあと、静かに告げる。

「時が尽きると。まもなく、創造神様のもとへ旅立たれるそうです」

陛下は力なく、そうかと呟いた。

初代の聖獣ともなれば、陛下たちもどうにかお会いしたかったのかもしれない。

水竜に続き、ライナス帝国に関わりの深い聖獣がいなくなるとあっては、いろいろと影響が出る可能性もある。

ソルが言うには、神様のもとへ帰ると、すぐに新たな聖獣が生まれるらしい。それで、世代交代の影響はほぼ抑えられるけど、完全ではない。時には災害として現れることもあるので、油断はできないよね。

それから、聖獣は完全体で生まれ、子供の時代がないと聞いたときの絶望感よ‼

小さい天虎や小さい青天馬とか、絶対可愛いに決まっているのに、存在すらしないなんて‼

聖獣は新たに生まれても、すでにいる聖獣に挨拶したりもないらしく、水竜はもうどこかに生まれているとも言っていた。

「ジェイリン様を煩わせるのは、我らとて望んでいない。かの方がおわす場所に不用意に人を近づけるべきではないな」

フィリップおじさんたちが登ったドトル山を立ち入り禁止にしようって雰囲気だったが、それもおじさんがそのままでいいのではと反対した。

「聖獣様がおられる場所は極悪甲種の巣の下層にあるので、それこそ聖獣の契約者様でないとたどり着くのは無理でしょう。我々は、ネフェルティマの知り合いだからと特別に許してもらえただけですので」

極悪甲種の巣に守られているし、あの山で狩りをする者たちもいる。そんな彼らから生きる糧を奪うのは、聖獣も望んでいないだろうって。

周囲の山々で補うことはできるかもしれないが、慣れた狩り場を失うのは氷熊族の人たちに苦労を強いることになる。

「ガルルッ」

フィリップおじさんの意見に同意するようなタイミングで、ラース君が何か言った。

「比翼の聖獣様がいる場所は精霊が守っているので、我々が対処する必要はないそうです」

ヴィの言葉に陛下方お二人が納得したように頷く。

人があぁだこうだやるよりも、精霊の守りの方が何百倍も強い。

しかし、私はあることが気になった。すぐに問いただしたいけど、今はフィリップおじさんたちの時間なので、ここはグッと我慢だ！

「それから、薬は数日でできるそうです。ただ、我々の依頼は採取まででしたので、ガシェ王国へ届けることまでは致しかねます」

「ほう。では、貴殿らはすぐにガシェ王国に戻るのではないと？」

「はい。こちらの組合本部に顔を出したところ捕まってしまいまして。少し厄介な依頼があるということなので、手伝おうかと思っております」

ライナス帝国だって優秀な冒険者を多く抱えているのに、それでも紫のガンダルに助けを求めるほどの何かってことでしょ？

ってことは、おじさんたちもすぐいなくなっちゃうのか……。しょんぼりだね。

「ならば、薬は私が届けよう」

「そうだね。それが一番早い」

ヴィの一言に、陛下はにっこりと答える。

お姉ちゃんの小さなため息が聞こえたので、視線をやると目が合った。

「このような場所で言わなくてもよいでしょう。我が国の王太子は冒険者の代わりに運び屋をするのかと、侮られますのに」

うん、お姉ちゃんの言うことも一理ある。

フィリップおじさんに依頼を出したのはオスフェ家なのだから、お姉ちゃんやパウルに言えばすむこと。

この場にいるのはみんな陛下の忠臣たちでも、どこでどう言われるかはわからないのだ。

それに、オスフェ家が自国の王太子を顎で使っているとか風評被害にも遭いかねない。

それを回避するには……私とお姉ちゃんがエルフの森に行けばいいんだ！

薬をもらって、忠臣を思うヴィが届けることを承諾したと美談に仕立てあげれば、風評被害も起こらないよね。

こっそりとお姉ちゃんにそう伝えると、お姉ちゃんの目が輝いた。

「ふふっ、さすがネマね。わたくしも一度はエルフの森を訪れたいと思っていたの」

ですよねー。魔道具が大好きなお姉ちゃんだもんねー。

「陛下、発言をお許しくださいますでしょうか?」

「カーナディア嬢、許そう」

「そもそも、エヴィバンの素材採取はオスフェ家から紫のガンダルに依頼したもの。ヴィルヘルト殿下に表立って動かれては、あらぬ誹りも受けましょう。ですので、エルフの森へはわたくしたちが伺います」

「二人で行かせる方が不安だろうが」

ヴィが余計なことを言うなと睨んでくるが、痛くも痒くもないもん!

お姉ちゃんとヴィの舌戦が始まるかと思ったら、陛下がとんでもないことを提案してきたのでそれどころではなくなった。

「それならば、ヴィルも一緒に行けばよい。少しは遊ばないと、ずっと王太子でいるのは疲れるだろう?」

「ちゃんと息抜きくらいはしています」

「いやいや、ここは変装してお忍びを体験するべきだ」

陛下の提案に、先帝様もルイさんも同意するかのように微笑んでいる。いや、ルイさんのはニヤけているが正しいか。きっと、面白がっているのだろう。

こうして、陛下に押し切られるように、ヴィの同行も決まってしまった。

ラース君と一緒にいられる時間が増えるから、私は嬉しいけど……。
ラース君、エルフの森の入り口、入らなくない？

閑話　アリさんの生態。

とある書物に、極悪甲種の営みは人に似ているという記述がある。

この著者は魔蟲研究の第一人者で、エルフ族の長い寿命をもって研究し続けた。

そのエルフが、進化が速すぎて魔蟲の分類は不可能と結論を出したというのは有名な話だった。

極悪甲種は基本、夜行性である。

しかし、すべての個体が夜に活動するわけではない。

彼らは魔蟲の中でも寿命が長く、群れでの攻撃力が強いため、巣はすぐに大きくなる。そして役割も細分化していき、昼間にも活動する個体が出てくるという。

ネフェルティマにアリさんと名付けられた極悪甲種は昼間に活動する個体だった。

巣の中では比較的古い個体で、餌を調達する役割を持ち、巣があるドトル山は自分の庭のように詳しい。

アリさんと名付けられる前、あの日は昼間に活動する仲間とともに、巣の中で休んでいた。

突然、仲間からの警戒音がして、何かが巣の中に侵入してきたのだとわかった。

巣の中には、外に出ない個体や幼虫といった弱きものがたくさんいる。

戦えるものが弱きものを守らねばならない。

巣の守りを担う強きものと餌を狩る強きものたちで力を合わせて侵入者を追い払う。

それは短い間だったが、巣の被害は大きかった。

侵入者が出した煙に毒でも含まれていたのか、弱きものや幼虫が死んだ。

それを補うためには、母たる王に卵を産んでもらわないといけないし、残った幼虫たちにも栄養を与えて成長を促さないといけない。

そのためには餌が必要だ。

考えることなく、仲間たちは餌を探し求めて巣から出ていった。

早く餌を持ち帰らねば。

強きものが腹を空かせれば、弱きものを食らってしまう。

巣を守るためには強きものが必要で、強きものが戦うには餌が必要だ。

巣を守るためなら、仲間も犠牲にする。

それは仕方ないことで、その犠牲を最小限にするためには調達組がたくさん餌を持ち帰るのが一番だ。

極悪甲種は何か考えているわけではなく、本能で種族を守るためにどうすればいいのかを知っていて、それに従って動いているにすぎない。

アリさんも餌を探して山をさまよっていたが、こういうときに限って餌になるような生き物が見つからない。

アリさんには知るよしもないのだが、この山に聖獣であるソルとラースが現れたことで、ほとんどの動物が巣穴から出ていなかったのだ。

本来なら休んでいる時間に起こされて、敵を追い払って、陽が昇る前から餌を探して見つからず、気がつけば巣からだいぶ離れた場所まで来ていた。

アリさんは疲れ果てており、少し休むために動くのをやめた。

しばらくすると何か生き物の気配がし、触角を動かし周囲を探る。

巣に侵入した敵と同じ生き物のようだが、気配が違う気もする。

敵意は感じられず、こちらに近づいてくることもなかったので、アリさんは逃げる必要はないと判断した。

気配が増えたり減ったりとしたが、やはりこちらに近づこうとはしない。

そろそろ動こうとしたところで、何か物が置かれた。

なぜか興味を惹かれたアリさんは、それが何か確かめようと触角を伸ばす。

極悪甲種の触角はどの感覚よりも発達していて、味や匂いまでもわかる優れものだ。

触角で雪の上を調べ、柔らかいところを避けて歩く。

置かれたものに近づき念入りに調べた。

それを食べ物だと判断したアリさんは、まず自分が食べることを選んだ。

お腹が空いているのもあるし、毒が含まれていても、持ち帰るまでに自分が死ねば巣は守られるからだ。

こうして、初めて焼き菓子を口にしたアリさんだが、その美味しさに驚いた。

花の蜜のように甘く、花粉のような柔らかさ。しかし、なんとも言えない香りがまた美味しい。

人はそれを香ばしいと表現するが、焼くということを知らないアリさんにとっては衝撃的だったのだ。

毒も感じられないので、これを巣に持ち帰りたい、仲間にも食べさせてあげたいと思った。

量が少ないのは残念だが、これならば母たる王も食べてくれるかもしれない。

小さくてバラけているので、アリさんはそれを噛み砕き、唾液を混ぜて団子状にする。

これは、幼虫に餌をあげるときの動作である。

口しかない幼虫が食べやすいようにと、取ってきた餌を丸めるのだ。

食べ物のことで頭がいっぱいだったアリさん。

しかし、ここで彼の運命が変わった。

「アリさん、フィリップおじ様を見つけたら助けてあげてね！」

声の主と繋がったことによって、アリさんは彼女が自分の王になったのだと理解した。

母たる王よりももっと大切な存在に。

だからこそ躊躇した。

本能と新たに芽生えた意識では、これからの行動が相反していたからだ。

本能は餌を巣に持ち帰れという。新たに芽生えた意識は王のもとへ行けという。

どうすればいいのかわからずに、自分の王の方を見やる。

距離はあれど、王が餌を持ち帰れと言っているような気がした。

ならば、王に従うまで。

アリさんと名付けられた極悪甲種は、こうして自分という意識を持つにいたった。

巣に戻るまでにアリさんは考えた。

王が言っていたフィリップという存在について。

きっと、王と同じ生き物だ。

でも、この山であの生き物はめったに見かけることはない。

となると、あの巣に侵入してきた生き物がフィリップなのかもしれない。

アリさんは気づかないが、思考できるようになったのも名付け親であるネフェルティマの……

いや、創造神の影響である。

確実に進化しているのだが、アリさんにその自覚はない。

巣に帰ったアリさんは、団子状にしたお菓子を噛み砕き、半分ほどを母たる王へと献上するために王がいる部屋に向かう。

母たる王を護衛している強きものたちもいるが、仲間とわかっているため警戒する素振りは見せない。

しかし、母たる王は気づいた。自分の子の変化に。

その変化を確かめるために、触角をアリさんへと伸ばす。

我が子の頭に刻まれた紋章のことはわからないが、自分とは違う何かになったのだと感じた。

ただ、母たる王は困惑する。

違う何かになったのなら、群れに置いておくわけにはいかない。

それなのに、我が子からは弱きものたちを心配する気持ちが伝わってくるのだ。こんなにはっきりとわかることは今までなかった。

王たる個体ではない我が子が、自分のようになったのではと思い、母たる王は我が子に問うた。何があったのだと。

すると、不思議なことに母たる王の頭の中に映像が見えた。

それは、アリさんがネフェルティマと出会い、名付けられるまでの一連の出来事だった。

長く生きていることもあり、ネフェルティマがどんな存在であるのかを理解した母たる王は、我が子を触角で優しく撫でる。

この子は見初(みそ)められたのだと。そして、この子もそれを受け入れたのだと。

母たる王は正直な気持ちを伝えた。

新たな王のもとへ行くも、この巣に残るも好きにするがよい。ただし、新たな王のもとへ行くならば、二度とこの巣に戻ってくることは叶わぬ。

巣に戻れない、すなわち仲間から外されるということ。独りで生きなければならないということだ。

アリさんはすぐに返答できなかった。

自分がどうしたらいいのか、王にもう一度会って決めたいと思ったから。

王が望むなら側にいたいし、巣に残れと言うなら残る。

そんな葛藤(かっとう)が伝わったのか、母たる王は答えを急がせなかった。答えを出すまで好きにしてよいと、我が子を仲間のもとへ返す。

アリさんは王に会いにいくことを決めた。

しかし、王に会いにいくのに手ぶらなのもよくない。母たる王にしたように、貢ぎ物が必要だと考えた。

そこで、フィリップおじ様を助けてねという言葉を思い出す。

あの侵入者がいれば、王に喜んでもらえる。

アリさんは、あの侵入者がどこに行ったのか探すことにした。

巣の中にいる仲間に、侵入者の行方を尋ねて回る中で、アリさんは相手の記憶を読み取れることに気がついた。

触覚で相手に触れ、侵入者のことを思い出して欲しいと念じれば、アリさんの頭の中で記憶が再生されるのだ。

種の進化速度が影響しているのか、創造神の力かは不明だが、アリさんはありえない速さで進化を続けていた。

ある強きものが氷の下に落ちていく侵入者たちを見ており、あの下にある洞窟にいるのだと当たりをつける。

ただ、あの洞窟は入ってはいけないと、母たる王に禁じられている場所だ。

アリさんは行けるところまで行き、そこで待ち伏せをすることにした。

その場で一夜を過ごすことになったが、フィリップおじ様とやらを見つけたアリさんは、彼らを王のもとへ連れていくために脚を進めた。

予想外だったのは、巣の中を突っ切ろうとし、仲間たちに警戒されたことだ。

アリさんには安全な道でも、侵入者であった彼らを覚えている仲間は多い。

あっという間に囲まれて、威嚇音まで出される。

途中で会った仲間は、アリさんが危険ではないと伝えるとすぐに大人しくなったので、アリさんはこの状況に焦った。

なんとか、巣に害をなす生き物ではないことを認識させなければと、彼らの前に出る。

──我らを傷つけることはしない。我が王のもとへお連れしたい。協力してくれないか。

アリさんはただひたすらに仲間たちにお願いした。

このとき、この場にネフェルティマがいれば、アリさんから何らかの物質、いわゆるフェロモンが発せられていたことに気づいたかもしれない。

また、カーナディアがいれば、アリさんからわずかながら魔力が放出されていることに気づいたかもしれない。

そして、ヴィルヘルトとラースがいれば、その魔力が洗脳系の魔法であることをラースが教えたかもしれない。

しかし、ここにいるのは紫のガンダルであり、彼らは創造神が創りし聖獣の住処にいたせいで、魔力を感知する感覚が麻痺していた。

こうしてアリさんは無自覚に仲間たちの意識を誘導し、警戒を解くことに成功してしまった。

無事に巣を抜け、ネフェルティマのもとへ向かうアリさんだったが、夜が来る前に休みたいと言われ仕方なく折れた。

そして、自分はさっさと点在する避難場所の岩場の隙間に入り込む。

この山のあちらこちらにある避難場所は、狩りの際の休憩場所としても使われている。

大きな餌を仕留めるには、たくさんの仲間たちがいても時間がかかるからだ。

そして、その隙間でアリさんは恐ろしい言葉を聞いてしまった。

『そういえば、魔蟲のお肉が美味しいって、ネフェルティマ様が言っていたわ』

普段は捕食者側の極悪甲種だが、もちろん彼らを捕食する生き物もいる。

ほとんどはワームやリンドドレイクといった地竜だが、空から大きな鳥に狙われることもある。

ゆえに外敵から狙われる恐怖は本能に染みついていて、それをあの生き物から感じた。

王に会う前に食われるかもしれないと。

恐怖と過ごした一夜だったが、食われることなく朝を迎えた。

彼らを急かし王のもとへたどり着き、王の喜ぶ顔を見て、彼らで間違っていないことに安堵する。

ネフェルティマがフィリップに怒られている間、アリさんは動かずに待っているように見えるが、その実は混乱していた。

触れあっての情報交換は大事であり、仲間の無事を確認するのも大事だ。

しかし、王の種族ではないものもたくさんいて、はるかに強い生き物……初めて見るそれを生き物と言ってもいいのかすらわからないと。

極悪甲種は特殊なにおいで仲間を判別するが、姿形もまとうにおいもまったく違う群れがあるのかと凄く混乱していた。

王に選ばれたのだから、自分もこの群れに入ることになるかもしれない。だが、あのはるかに強い存在に食べられてしまうのではないか。そう考えた瞬間に恐怖が襲う。

混乱、困惑、恐怖と瞬く間に感情が移り変わり、体が硬直していたのだが、誰もそれに気づくことはなかった。

結局、ソルもラースも動かなかったので、アリさんの恐怖は警戒に変わり、そして調べなければという使命感が湧き上がる。

おそらく王を同じとする仲間だと思うが、確証がないことと得体が知れないものはまず調べるという習性からくるものだった。

だが、アリさんが動く前にネフェルティマがアリさんに声をかけたことによって、アリさんの意識はそちらに集中する。

アリさんは自分はどうするべきなのか、道を示して欲しいと要望を伝えた。

ネフェルティマが下した決断は……。

『助け合える家族と一緒にいた方がいいよ』

不思議とアリさんはすとんと理解することができた。

王の種族も自分たちと同じで、他の種族が入ることをよしとしない。見つかれば攻撃される。

生き物として当たり前の反応である。

だから、同じ種族の仲間のもとにいろというわけだ。

王は自分を突き放しているのではなく、身の安全のためにも巣に残れと言ったのだ。

離ればなれになるのは淋しいが、道は示された。

巣に戻ろうとするアリさんをネフェルティマが引き留める。

まだ何か命があるのかと、大人しく待つアリさんの表面にある毛に触れるネフェルティマ。

王は種族が違うので、触れても情報交換はできないとアリさんは思ったが、目的はそれではないことに気づいた。

自分たちが触角で調べるように、王も自分の持つ器官で調べているのだろうと。

なすがまま、されるがままにネフェルティマに従う。

すると、群れで狩りをするのかと質問されたので、群れの半数以上を動員したワームの狩りを思い出す。

ワームは噛みつくことも針を刺すこともできないため、柔らかい口の中を狙うのが定石（じょうせき）だ。

しかし、一歩間違えば、ワームの鋭い牙で体ごと噛み砕かれるし、飲み込まれてしまえば攻撃もできない。

なので、毒が効いて弱くなるまで、何匹もの仲間が針を刺しては食われるを繰り返す。動きが鈍くなれば、口元からワームを食っていく。

犠牲なった仲間も多かったがワームの肉は栄養価も高く、幼虫たちの成長も促すことができ、満足のいく狩りだった。母たる王も、十分な戦果に喜んでいた。

めったにないご馳走なだけに、アリさんはまたワームの肉が食べたいと思っていたところ、ネフェルティマから次の質問をされた。

いつもの狩りは一匹だけでやるのかと問われ、自分だけで狩ることが少ないことに思い至る。餌となる生き物を見つけたときは近くにいる仲間を呼ぶからだ。

だいたいは一匹で探し、死骸や花の蜜であればそのまま巣まで運ぶ。生きている餌を見つければ、仲間と一緒に狩るのだ。

王が狩りと聞いたのだからと、仲間との狩りのことを思い浮かべた。

すると、ネフェルティマはやや興奮しながら、どうやって噛みついたのかと重ねて問う。

しかし、アリさんにはその意味がわからなかった。そんなことを聞かれても、顎を閉じれば噛みつくことになるのだから。

アリさんが質問の意図がわからないと言えば、ネフェルティマは言葉を換えて質問しなおした。

獲物である生き物と距離があったのに、どうして素早く噛みつくことができたのかということだが、元からある種としての能力がゆえに、上手く伝えられるのかとアリさんは不安になる。

大抵のものは触角からの情報、においのようなものでどんな生き物でどこら辺にいるのかがわかる。そして、体の表面にある毛、特に口周りの毛にわずかでも触れれば条件反射で顎を閉じる。

アリさんは他の巣の極悪甲種を見たことがないため、自分の種族はみんな同じだと思っているが、ネフェルティマが予想した通り、このドトル山の巣独自の進化だった。

雪や氷で足場の悪い場所が多いこの山で、狩りを成功させるには一撃で仕留めなければならない。餌となる生き物も雪山に対応した進化をとげているのですぐに逃げられてしまうからだ。

南の方に行けば、極悪甲種は大人の手のひらの大きさしかなく、アリさんのように肉食ではなく果物や蜜を好む。

地球の言葉で言うなら、タンパク質を主とするか糖類を主とするかの違いとなる。

また、南の極悪甲種はジシヘルゲというゴリラに似た動物の好物としても知られており、腹に貯めた蜜を美味しそうに食べるジシヘルゲはまるで子供のようだと一部の人々に人気を博（はく）していた。

ネフェルティマにお土産を持たされ、何度か落としそうになりながらも食べ物が入った籠を巣に持ち帰ったアリさんは、そのまま母たる王のもとへ向かう。

巣に残ることを母たる王に伝えるととても喜んでくれ、そして、慰めてくれた。

王として慕うものの側にいられない淋しさは彼女にも経験があったからだ。

巣の奥深くで大切に育てられた彼女は、成体になると彼女を産んだ王に期が熟したと言われた。

そして、兄や姉、弟や妹を分け与えられ巣立ったあの日。

兄弟がついてきてくれたとはいえ、安全な巣から出るのは怖く、とても淋しかった。

王となる個体は他の個体より寿命が長いので、すでに兄と姉はおらず、老体となった弟と妹もわずかに残るだけ。

今はこうして子を増やし、巣を大きくすることができたが、自分がいなくなったあとを思うと心配ばかりが募る。

なので、彼女にとってアリさんは希望でもあった。

自分と似ているようで違う成長をしているアリさんが、自分亡きあと巣を守ってくれるのではないかと。

このとき、母たる王は魔蟲として異常かもしれないが、初めて神に願った。

本来ならば繁殖能力がないアリさんでも繁殖できるかもしれないと。

その願いがアリさんの進化にどう影響するのか。

それはまさしく神のみぞ知る。

7 見よ！ これが光る剣だ！

フィリップおじさんたちが出発すると言うので、朝早くからパウルに叩き起こされた。

「カーナ、ネマ。親元離れて大変だと思うが、無理はするなよ」

いつものように頭をワシワシと撫でられるが、少しだけ手つきが優しかった。

「おじ様たちも気をつけてね」

「おう。早く終わらせて、ベルガーたちを鍛えないといけないからな」

どうやらベルガーたちには冒険者の才能があったらしく、みんなにしっかりと鍛えられているみたい。父親のような、一人前の冒険者になれる日も近いだろう。

フィリップおじさんたちをお見送りしたあと、朝食を食べているときにお姉ちゃんが今日の予定を聞いてきた。お姉ちゃんは学術殿(がくじゅつでん)をお休みするらしく、久しぶりに姉妹水入らずで過ごしましょうと誘ってくれたのだ！

「ネマってば、ずっとラース様と一緒でしょう。わたくし、ちょっと妬いてしまうわ」

拗ねた表情のお姉ちゃんは凄く可愛い!!

なんでこの世界にはカメラがないんだ……。この可愛さは、写真と動画で永久保存するべきなのに！

あ、でも、パパンに持たせたらダメだな。下手したら一日中カメラで撮られるはめになるから。

「今日はおねえ様とずっといっしょにいる！」

「じゃあ、ネマにお願いされていた光る剣の完成品を見せようかしら？」

お、おぉぉぉ！　ついに！

ブォンッ音があれば、憧れのライトほにゃららのまんまだったから、めちゃくちゃ楽しみにしていたんだよね。

私は、魔女っ子ステッキよりも光る剣を振り回したい‼

「ほんと⁉　見たい見たい！　今すぐ見たい‼」

ウキウキ気分で朝食を終え、今か今かと待ち構えていたら、思わぬ邪魔が入った。

「カーナ、ネマちゃん、ちょっといいかな？」

「よくない！」

ひょっこりと現れたルイさんだが、どうせならもう少しあとに来てくれればいいのに。

恨めしい気持ちでルイさんを見つめると、今日はちゃんとした用事があるんだってと苦笑する。

つまり、いつもはちゃんとしていない用事でこの部屋を訪れていたわけだな。

「戻ってきたばかりで申し訳ないけど、ネマちゃんも気にしていた件だからさ」

私が気にしていてルイさんに話したことって……はっ魔道具だ！

「おかあ様に送りたいって言った魔道具のこと？」

「そうそう。陛下と相談して決まったから報告とお願いを少々」

「そういうことでしたら、こちらへどうぞおかけになってください」

魔道具と聞いて、即座にお姉ちゃんが反応した。

さっきまで私と遊ぶって言っていたのに！

今度は私が拗ねながら、お姉ちゃんの隣に座ってルイさんのお願いとやらを聞く。

「預かった魔道具だけど、こちらの研究所でも魔法構造に手を加えれば、人を殺せる武器となりえるとの見解だった。これを作ったエルフには、対策が見つかるまで売るのを中止するよう命を出してある」

「エルフ様もさぞ無念だったことでしょう」

販売中止に対して、お姉ちゃんは魔道具職人に同情を示した。

自らも魔道具を作るから、苦労して作ったものが危険だから認められないと言われたときを想像したのだろう。

「あれを作ったエルフは危険性をしっかり理解し、彼自身も改良を試みると言ってくれたよ」

エルフさんも魔道具作りのプロとして、人任せにはできないみたいだね。

子供向けの魔道具を作っていることもあり、安全でないまま売った責任を感じてのことかもしれないけど。

「それで、どうお願いに繋がるのでしょうか？」

ライナス帝国の魔術研究所と製作者が動いていて、他に何かあるのかと本題に戻すお姉ちゃん。

「研究所の魔道具の部門には魔工匠(まこうしょう)の称号を持つ者が数名いるが、彼らがオスフェ公爵夫人……王立魔術研究所の魔法工学局長の協力があれば心強いと言っていてね。陛下に奏状(そうじょう)を挙げたところ、協力をお願いしてみようってなったんだ」

「そうでしたの。それで、密かにお母様に繋いで欲しいというところでしょうか？」

「こちらから使者を立ててるが、接触方法はその者に任せてある。突然と現れるかもしれないので驚かないで欲しいと伝えてもらいたい」

「貴婦人が一人のところを伺うなんて、氷漬けにされても知りませんわよ？」

秘密裏に動くのであればママンが一人のときに接触するだろうけど、ママンが驚いて魔法で攻撃しないとも限らない。

身分が高いこともあり、一人のときは特に警戒するだろうしね。

「女性のアーマノスを向かわせるから、氷漬けは勘弁してあげて」

「アーマノスに女性の方がいるのですか⁉」

ルイさんの言葉にびっくりした。

だって、アーマノスと言えば、陛下直属の調査機関で文武両道の強者揃いという噂だ。

まぁ、調べるにあたって隠密行動や犯罪組織に潜入なんてこともあるだろうから、腕っ節も必要なんだと思う。

ただ、そうなるとやっぱり、男性ばっかりってイメージがあるよね。

「もちろんいるよ。不正を働く者が男だけとは限らないし、罪を犯したとはいえ貴婦人を相手にするなら最低限の矜持は守ってあげないといけないからね」

そう言われて、私の方が視野が狭かったのだと覚る。

我が国でも女性が爵位を継ぐことは認められているし、近衛騎士にも王妃様を始めとする貴婦人を守るために女性の騎士が存在しているというのに。

「私の不勉強でした……」

「僕たちの警衛隊を含め、男所帯ばかりだから勘違いするのも無理ないよ」

いやいや、思い起こせば、ヘリオス領で女性の軍人さんにお世話になっていた。地方の領地で女性軍人がいるのなら、中央にはもっといてもおかしくない。

国が大きくなればなるほど、女性の力が必要となるのだろうし。

そもそも、ライナス帝国の宰相も女性だったわ‼　エルフだから優秀っていう先入観もあったんだろうなぁ。反省しないと。

「それで、協力していただけるなら、その使者に名に誓ってもらうことになる。機密扱いとなっているので、オスフェ公にも知られないように気をつけてくれ」

気をつけろってことは、パパンから隠し通すのは難しいと思っているのかもしれない。

大丈夫！　実は凄く簡単だ。

ママンが嫌いになりますわよと言えば、ママンの秘密を暴こうとはしない。裏で調べているかもしれないが、ママンが秘密にしていることは墓場まで持っていくに違いない。

なんだかんだ言って、パパンの一番はママンなのだ！

「畏(かしこ)まりました。お母様にはわたくしから知らせておきます」

じゃあ、私はパパンにお手紙書こうっと。昨日、無事に戻ったよと報告の手紙を送っているので、お返事が届いたらその返事とすれば怪しまれることはないだろう。

「よろしく頼むよ。それじゃあ、エルフの森、楽しんでおいで。ネマちゃんも気に入る魔道具がまた見つかるといいね」

ルイさんの笑顔がうさん臭いので、また魔女っ子ステッキみたいな物を見つけてくることを期待していそうだ。

まぁ、魔女っ子ステッキを越えるものがそうそうあるとは思えないから、期待には応えられないよ。

それよりも、お姉ちゃんの作ったライトほにゃららで遊びたいんじゃー！

◆◆◆

ルイさんが帰ったので、早速お姉ちゃんに遊ぼうとねだった。

ライトほにゃららを使うなら室内は危険ということで、いつもの噴水のあるお庭に向かう。

お姉ちゃんと手を繋いでルンルン気分で歩いていたら、向かいから見知った集団がやってくるではないか。

道を空けようと壁際に寄ったが、先頭を歩く人物がいつもより元気がないことに気づく。

まぁ、いつも表情変わらないから、いつも通りっちゃあいつも通りなんだが。

「ごきげんよう、テオ様」

「あぁ、ネマとカーナか」

テオさんの素っ気ない態度に、私もお姉ちゃんも疑問に思ったが尋ねていいものか戸惑う。

するとと、警衛隊の隊長さんがなんとも言えない表情で教えてくれた。

「フィリップ殿に手合わせ願いたかったようで、すでに宮殿を発たれたと聞いて落ち込んでるのです」

「落ち込んではいない……」

即座に隊長さんの言葉を否定するが、それがなおさら肯定しているようなものだ。

ほんと、フィリップおじさんのこと大好きだよね。あの自由気ままなところに惹かれるのだろうか？

「フィリップおじ様って強いんですか？」

凄いとは聞いていても、おじさんが戦っているところを見たことないので、どれくらい強いのか見当もつかない。

「以前、シアナ特区で手合わせ願ったとき、俺は一撃も決められなかった」

ほう。つまり、あのときはボロクソに負けたってことか。それなのに、あんなにすっきり顔していたってことは……テオさん、ひょっとしてＭっ気があるのでは？

「ネマ、失礼なことを考えてはいけませんよ」

お姉ちゃんに注意されて焦った。顔に出さないよう気をつけていたのに、なぜバレた!?

「……顔に出てた？」

「出てはいないけれど、ネマの考えそうなことくらいお見通しよ」

おっと、パウルの視線も鋭いぞ！

テオさんのようなポーカーフェイスになるには、まだまだ修業が足りないね。

「ネマがそういう顔をしているときは気をつけるとしよう」

……逆にすまし顔している方がバレるようになるってこと？

じゃあ、私はどんな顔をしたらいいんだ‼

「それはともかく、フィリップ殿は予想外な手を使ってくるし、何より先読みが凄い」

予想外って……確かに、おじさん正攻法とか鼻で笑ってそうだけど、先読みって？

「フィリップ小父様はこちらが動いたと同時に手を封じ込めるのよ。まるで、どう動くか知っていたようにね」

「テオヴァール殿下は警衛隊隊長と同等の腕をお持ちで、それ以上となると軍部でも一握りしかおりません。しかも皆、獣人です」

目がよければ、力の込め方や筋肉の動きで先を読むことは可能かもしれないが、それでも野性的な勘のよさが必要となる。

つまり、フィリップおじさんは獣人並みの野生の勘を持っていることになる。

獣人と同じくらいと言えば、ゴーシュじーちゃんが真っ先に思い浮かぶけど、彼はどちらかというと素手で熊と戦うタイプだよね。

「そんなにすごいんだ。じゃあ、フィリップおじさんにまた来てってお願いしてみる！」

みんながそんなに絶賛するなら、ぜひとも見てみたい！

冒険者組合から頼まれたという依頼が終われば、また宮殿に立ち寄れる時間ができるだろうし。

「本当か！」

あ、テオさんの表情が動いた。嬉しそうにわずかだけど口角が上がっている。

目に見えるほどの変化は珍しいね。

「無理強いはしたくない。ネマも伝えるときはその点を注意してくれ」

好きな人には迷惑をかけたくないというファン心理。その気持ちは理解できるので、わかったと了承する。

「そうとなれば、早く終わらせて鍛錬をする」

と、テオさんは警衛隊を引き連れて去っていった。

その様子に面食らっていたら、まだ残っていた隊長さんが一生懸命笑いを堪えていた。

「殿下、本日のご公務に乗り気ではなかったので助かりました」

「……いえ、隊長さんも大変ですね」

テオさんの側近たちがなんとか宥めすかして部屋を追い出したものの、歩みが凄く重かったんだって。

推しと会えるかもしれないとなると、そりゃあテンションも上がるよね。

お役に立てたようで何より。

隊長さんもテオさんのあとを追いかけていき、私たちだけになるとお姉ちゃんがクスクスと笑い始めた。

ごめんなさいと謝るお姉ちゃんだが、お願いしたときに望んだ音になるかはわからないと言わ

「やっぱり、ネマの思っていた音と違ったのね……」

力が抜けるその音に、私は膝から崩れ落ちた。

何度振っても、失敗したトロンボーンのような音がする。

――ぷぉん、ぷぉ、ぷぉぉぉーん

気のせいじゃなかった！

――ぷぉぉん

気のせいかと思い、出現した剣を振ってみる。

……ん？

――ぷぉぉぉーーん

「出でよ、赤き光！」

私は頭の中で有名な映画の曲を再生しながら、呪文を唱える。

「もちろん！」

「発動詠唱は覚えているかしら？」

それから誰に遭遇することなくお庭に到着し、お姉ちゃんからライトほにゃららを受け取った。

フィリップおじさんにも教えてあげよーっと！

確かに、一国の皇子がアイドルのファンみたいな言動をするのは面白いと言えば面白いか。

「テオ様の意外な一面が面白くて」

れていた。

それに、これが限界だったんだと思う。

考えてみれば、あの音は電子的というか自然界にはない音だから、魔法で再現できないのだろう。

期待が大きかっただけにショックも大きいが、ここで立たなければお姉ちゃんを悲しませることになる！

「大丈夫！　ちょっとびっくりしただけ」

グッと立ち上がり、何度も素振りをしてみせる。

想像力でこの音も脳内変換できるはず！

そう思い、まずは自分が主人公なのだと想像する。

となると、やはり相手が欲しくなるよね。敵と戦ってこその主人公だし！

パウルは容赦なく叩きのめされそうだから却下。森鬼は動いてくれないだろうなぁ。お姉ちゃんは敵というより姫だね！

誰が敵役に相応しいのか。ルイさんなら面白がって相手してくれるだろうけど、さっきの様子を見る限り忙しそう。

それに、あんなんでも外見は儚げ美人だ。玩具とはいえ剣を打ち込むのはためらわれる。

……いっそのこと、あのマスクを作っちゃう？　鎧みたいなスーツとマントもセットで。

あ、でも黒い色は身につけてもらえないや。白色と黒色は神様を象徴する色だから、お祝い事とかには使うけど、全部真っ黒はよくないんだって。白色が創造で黒色が破壊を意味するから。

黒一色も格好いいと思うんだけどなぁ。だからといって色を変えたら、私が笑ってしまってそれどころではなくなるな。

あれこれ考えてみたものの、いいアイデアは浮かばなかった。

「ネマ、ただ振るだけではつまらないでしょう？　わたくしが相手になりますわ」

お姉ちゃんも光る剣を取り出すと、不敵に微笑む。

「出でよ、青き光！」

お姉ちゃんの剣は刀身がサファイヤのように青く輝くものだった。

おぉ、青も凄く綺麗だ！　これは、黄色と緑も綺麗に違いない！

「さぁ、どこからでもかかって来なさい」

光る剣を構えるお姉ちゃんはとても格好いい！

燃えるような赤い髪に青い刀身がよく映える。これで映画一本撮れそう。

さて、お姉ちゃんの胸を借りるべく、私は勢いよく駆けだした。

「ていやー！！」

玩具とはいえ、竹刀すら握ったことのない私の攻撃なんて、お姉ちゃんにはあくびが出るほどつまらないだろう。

現に、さりげなーく攻撃を受けるために迎えにきている。

――ぷぉぉん

刀身同士が触れあうと、気の抜ける音が響き渡る。

「えい！　やぁ！」

――ぷぉん、ぷぉぉん
段々コツを掴んできたぞ。

こうなると何か必殺技が欲しくなるなぁ。

元ネタ繋がりの技……は無理だし、漫画やアニメの必殺技もお姉ちゃんには伝わらないから恥ずかしいことになりそうだし。

これという必殺技が思い浮かばないまま十数回繰り返すと、腕が重くなり疲れた。お姉ちゃんは息すら乱していないというのに。

あれだけ遊び回ってつけた体力はどこにいったんだ？

「少し休みましょう」

お姉ちゃんも光る剣を下ろしてしまったので、パウルから飲み物をもらおうと後ろを振り向いた。

「下手だな」

ニヤニヤと意地の悪い笑みを浮かべているヴィがいた。

うぅぅ。悔しいが、こやつは無視しよう！

「ラース君！」

今日はお姉ちゃんを優先する日だが、挨拶もふもふはノーカウントでもいいだろう。

ラース君の首元に飛びつくと、お日様の匂いがした。

ラース君は朝に日光浴をすると聞いているので、その名残かな。

頬に当たるふわふわな感触とお日様の匂いが、ディーを思い出させる。

ディーもよくこの匂いをさせていた。

毎朝、屋敷の敷地を散歩するのが日課で、草の匂いや土の匂いがすることもあった。ディーとしては縄張りのパトロールだったのかもしれないけど。泥まみれになるとパウルとジョッシュが二人がかりで洗って、石けんの匂いのときも。

でも、ディーといえばお日様の匂いなんだよね。ひなたぼっこが大好きだったから。

「また、愉快なものを作ったな」

ラース君のもふもふに埋もれていると、ヴィが興味深そうに光る剣を振り回して遊んでいた。

いつ私の手から奪ったのかわからなかった。

それに、素振りの速度が速いせいか、効果音がおかしなことになっている。

――ぷぷぷぷぷぷぷぷぷぉっん
コメディーによくあるおならの音みたいだと思ったのは私だけだろう。

お姉ちゃんはそんな下品な発想しないし、ヴィにいたってはおならをしたことあるのか疑問に思う。

「ネマでは相手にならないだろう。俺と手合わせするか？」

「まぁ、殿下。女性を誘うのが下手ですのね」

うん。素直に面白そうだから相手になってくれって言えばいいのにね。

「ヴィは素直じゃないねー」

からかうようにラース君に話しかければ、がうっと肯定が返ってくる。

「これは失礼。カーナディア嬢、ぜひともわたくしめのお相手をしていただけないでしょうか」

今度はダンスにでも誘うかのような大げさな動作で、お姉ちゃんに申し込んだ。

ここがお庭でなく、大ホールとかだったらさぞ見映えがよかっただろう。

「そうまで切望されては断れませんわね」

暇つぶしくらいにしか思っていないことを知っていて、お姉ちゃんは切望という言葉を使ったようだ。

それに、なぜか嬉しそうなのは目の錯覚かな?

お姉ちゃんがヴィに相手してくれって言われて、面倒臭いと思うことはあっても、嬉しいと思うことはないはずなんだが……。

まぁ、どうなるのかちょっと様子見するか。

ラース君が芝生の上に寝そべったので、私も定位置と化しているお腹に寄っかかった。

「俺からは行かないので、いつでもどうぞ」

お姉ちゃんの目が本気モードに変わった。

フィリップおじさんに鍛えられて剣が使えるお姉ちゃんでも、やはり幼少期から鍛錬しているヴィには敵わないと思うけど、こうもあからさまに手加減宣言されては腹立つよね。

「おねえ様、がんばって‼」

「では、遠慮なく行かせていただきますわ！」

お姉ちゃんが低い構えのまま、ヴィに斬りかかる。

ヴィはそれを片手で流すが、ぷぉぉぉぉんという音を聞いて笑いそうになっている。そこをすかさず攻撃するお姉ちゃんだけど、軽く身を翻すだけで躱された。お姉ちゃんが体勢を整えるまで待ち、かかってくれれば光る剣を叩き落とす。

「隙が多い。脇を締めろ」

アドバイスをする余裕ももちろんある。

――ぷぉん、ぷ、ぷぉぉぉぉん
悔しそうにお姉ちゃんは何度もヴィに挑み、笑みを浮かべたままあしらうヴィ。その姿は勇猛果敢なヒロインをもてあそぶ悪役そのもの。あの黒いお方のテーマ曲が聞こえてきそうだ。

鼻歌で歌ってみると、やっぱりヴィに似合っている気がする。

私が鼻歌で盛り上げている間も剣戟は激しくなっていく。

ヴィの動きが素早いせいで、扇状の残像が見える。バトンみたいにクルクルできれば、綺麗な丸ができそう！

ちょっとやってみたいけど、私の光る剣はヴィに奪われている。

「そこだ」

ヴィが声を出した一瞬で、お姉ちゃんの二の腕に刀身が当たった。空気が抜けるようなぷぉんがすると、刀身は煙となって消える。

「ちゃんと怪我をさせないようにはなっているのか」

「当たり前です。ネマが怪我するようなものを与えるとお思いで？」

「予想外のことをしでかすのがネマだから、安全でも信用はできないぞ」

遊びは安全第一を心がけているというのに酷い言われようである。

パウルから耳にタコができるほど言われてもいるので、ここ最近は激しい遊びはしていないぞ！　雪合戦もヴィがガチになったから、あんなバトルゲームみたいになったんだから！

ここで言い返すと百倍の嫌味になって戻ってくるので、ラース君のお腹に顔を埋めて我慢する。

「カーナディアは攻撃を受け止められるとそちらの方に意識が行き、左側に隙ができる傾向がある。利き手が右なら左でもある程度使えるようにするといいぞ」

真っ当なアドバイスだったからか、お姉ちゃんも大人しく聞いていた。

もう一回やるかとヴィが聞いたので、私は慌てて止めに入る。

「ダメ！　おねえ様は私と遊ぶんだから！」

これ以上お姉ちゃんを取られてたまるか！

お姉ちゃんのドレスにしがみついてそう主張すると、お姉ちゃんは嬉しそうだった。

「ネマとの約束がありますので、どうぞ殿下はお引き取りください」

「まったくお前たちは……」

自国の王子にしていい扱いではないが、ヴィはこれくらいで不敬だと怒るような器量の小さい男ではない。

「まぁいい。ネマはほどほどにしておけよ」

筋肉痛が来るぞと言い残して、ヴィとラース君は去っていった。

余計なお世話じゃい！

8 忙しないお茶会。

お姉ちゃんとたっぷり遊んで帰ってきたら、マーリエからお手紙が届いていた。

落ちついたようなら、明日、お茶しましょうというお誘いだった。

いつもはダオ経由だったので珍しいなぁって思ったら、マーリエ父も同席すると書いてある。

おそらく、本当に用事があるのはマーリエ父なのかもしれない。

それなら大丈夫だろうと、招待を受けることにした。

お茶会の場所は季節の花々が咲き誇る庭園で、私が着いたときにはダオとマーリエ、そしてマーリエ父がすでに着席していた。

「しょうたいありがとうございます」

「ネフェルティマ嬢、無事に戻られて何よりだ」

パウルが椅子を引き、私を乗せる。ダオのお部屋だと、すべてが子供サイズなのでこんなことにはならないのだが、今日は外だし、マーリエ父もいるので、テーブルセットが通常の大きさなんだよね。大人用の椅子は、まだ優雅に座ることができないのだ！

「まずはネフェルティマ嬢の冒険の話を、この子たちに聞かせてあげてくれないか？」

というわけで、アニレーとトマ探しの話をいっぱいした。

セナンテ岬でナスリンをたくさん見つけて食べた話は、マーリエにとても不評だった。

「ネマったら、あんなもの食べたの⁉」

「美味しかったよねー」

ダオもあの晩餐(ばんさん)にいたので同意を求めると、うんっと笑顔で答えてくれた。

「僕は姿煮よりも焼いたものが好きだなぁ」

ナスリンの唐揚げもどきと焼き鳥もどきなら、姿煮よりもナスリンの顔が目立たないからマーリエも食べられそうだけどね。

今度、ナスリンだとは言わずに食べさせてみるのも……。

「それで、カルワーナ山脈の方はどうだったの？」

ダオに話の続きをせがまれたので、氷熊族の村に立ち寄ったり、雪山で遊んだことを話した。

アリさんに名前をつけたくだりは、さすがに呆れられたけど。

「ネマ、あのね……」

一通り話し終わると、ダオが口ごもりながらもじもじし始めた。

その仕草があまりにも乙女だったので、ルティーさんのように心が女性なのかと焦る。

「これを渡したくて」

それは手紙のようだが蜜蝋(みつろう)にはライナス帝国の紋章が刻まれており、封筒の紙にはダオの象徴となる花がうっすらと浮かび上がる加工がされている。

普段のお茶しようとお誘いの手紙に使われるものとは違っているので、公式なことにしか使用しないものだろう。

「今度、初めて交遊会を開くことになって。それでネマにも出席してもらいたいんだ」

お、おぉぉ！　ダオの初めての交遊会‼

「絶対に行くよ！」

ダオの晴れ姿はぜひとも見なければ！

嬉しい知らせにテンションが上がっていたが、ダオの衝撃発言により固まった。

「実は、明日なんだ」

明日？　……あしたぁぁぁ⁉

驚いて、急いで招待状を確認すると、確かに日時が明日になっている。

「ネフェルティマ嬢には申し訳ないが、ダオルーグの交遊会を取りまとめているのはマリエッタだ。ネフェルティマ嬢が留守なうちにやりたかったのだろう」

私がいつ帰ってくるかは、たぶん陛下くらいしか知り得ないはずだ。

フィリップおじさんが実際に雪山を見てみないことにはなんとも言えないと、帰る日を明確にしていなかった。

ヴィが精霊を使い陛下に教えていたから、帰る日にコス湿地帯まで飛竜兵団が迎えにきてくれたというわけだ。

私がいない間にダオの交遊会を開いたとして、マーリエ母は何が目的なんだろうか？

マーリエ父が監視をしてくれているそうだが、明日は公務のため出席できないんだって。

ダオの初めての交遊会を、めちゃくちゃにされたくないんですけど！

「ダオルーグが交遊会を開くということは、皇族としての務めを果たすとの意思表示でもある。その場にネフェルティマ嬢が出席することは、ガシェ王国との友好を示すために必要であるし、ダオルーグとネフェルティマ嬢の関係が良好であることを見せれば、ダオルーグを侮る者も減るだろう。マーリエにはつらいことだと思うが、マリエッタの勝手を許すわけにはいかないんだよ」

私はハッとした。マーリエの母親が悪役のような空気を作り出してしまったことに気づいたからだ。

マーリエ母が私を敵視していたとしても、母親が悪しざまに言われるのは聞きたくなかっただろう。

「わたくしも理解しておりますので大丈夫です」

いい子であろうと無理していないかとマーリエを窺えば、少し悲しげな笑みを返された。

「わたくし、お母様に言ったんです。ダオは皇族に相応しくあるために努力をしていると。それを手助けするのが、後見を名乗りでているわたくしたちの役目ではないかと」

ダオが皇子として頑張っているように、マーリエもそんなダオに相応しくあろうと頑張っているのは知っている。

そんな二人の様子が微笑ましく、最近では二人を応援する人たちも増えていると聞く。

「お母様はわらったの。わたくしまで他国の姫に毒されて愚かしいと。お母様はわたくしに本心を言ったりはしないけれど、皇族であるダオを意のままに動かせると思い上がっているんだわ。

ダオがあんなに頑張っているのに、それを見ようともしないで！」

大好きなダオを馬鹿にされたのがよっぽど悔しかったのか。今にも泣き出しそうなマーリエは、ぎゅっとスカートを握って堪えている。

「どうやったらダオルーグの助けになれるのかと、わたしに聞いてきたが、その件があったからなのかい？」

「お父様は皇族ですから、ダオにしてあげられることをご存じだと思って。それに、お父様がダオをどう思っているのかも知りたかったの」

「わたしの答えは、マーリエの意に適ったただろうか？」

「ええ。お母様の行いはダオのためにならないと理解するのに十分なお答えでした」

この親子の間でどんなやり取りがあったのかはわからないが、マーリエが母親を見限る決心をするきっかけになったようだ。

それにしても、恋する乙女は強いね。マーリエが輝いて見えるよ。

「ダオ、わたくしはずっとダオの味方だから」

ダオは、自分のせいで母親との不仲を招いてしまったと元気をなくしているが、マーリエはどこかすっきりした顔をしている。

話したことで、心の整理がついたのかもしれない。

「私も、ダオとマーリエの味方だから！」

声高々と宣言すれば、マーリエから当たり前でしょうと突っ込まれた。

マーリエさん、ここはデレる場面だと思うのですよ。私に対して、ちょっとツンの割合が多くないですか？

「マーリエが冷たい……」

「ネマがわたくしたちのことを見捨てるなんて、これっぽっちも思っていないもの。だから、わたくしにとって当たり前ってことよ」

私が落ち込んだと思ったのか、マーリエが慌てて言葉を紡ぐさまがとても可愛かった。

つい、ふふっと笑ってしまい、それに気づいたマーリエは顔を真っ赤にして怒る。

私もダオも、マーリエ父も、いつものマーリエに戻ってくれたことに安心した。彼女に暗い顔は似合わないもんね。

「話は変わるが、ロスラン計画の方で不穏な動きがあるようだ。今、調べを行っているのだが、近いうちに陛下とともに視察へ同行してもらうことになるだろう」

交遊会に関する話題が一段落ついたところで、マーリエ父がそう切り出す。

不穏な動きって、地元住民の反対運動……ではなさそうだな。

そういったものは想定していたし、ルティーさんが頑張って説得してくれたおかげで、ヘリオス領内での領民からの理解はほとんど得ていると言っていた。

となると、ヘリオス領で計画をやるのを反対する貴族の妨害か。

魔物による被害が一番大きかったヘリオス領だが、シアナ特区のように成功すれば、被害総額を上回る利益が見込める。しかも、発展すればするほど領地が潤うのだから、我が領地でって思っている貴族も多いはず。

それなら、陛下の調査官なり、軍部の諜報部なりが把握していてもおかしくない。

利権にがめつい貴族たちの動きを監視しているみたいだし、それすらも陛下にとっては予定調和なのではと思う。

ようは、陛下ですら思いもよらなかった事態が起きている可能性があるということになるね。

「現地での調査は行っているから心配はしなくていい。陛下は、ネフェルティマ嬢の薬の件が終わってから動くおつもりのようだから」

思考していた間の沈黙を不安と捉えたのか、マーリエ父は優しく語りかけてくれた。

しかし、そちらの発言の方が、大丈夫なのかと不安になる。

私に負担がかからないよう配慮してくれているのはわかるが、そんなに悠長にしていていいのだろうか？　こういった問題って、迅速に対処しないと致命傷にもなりかねないよ？

「ですが、時間を置くのもいかがなものかと」

「気持ちはわかるが、調査が不十分な状態で行ったところでできることはないと思うが？　わたしたちが行うべきは、原因に対して対策を講じることだ。調べるのは専門の者がいるからね」

陛下が現地に赴かねばならないような出来事が起きている。それで、現段階で調査を行っている。その結果が出る前に、陛下は現地に行くことを決めてしまった。

それほどのことが起きているのに、私を待つと言う。

矛盾と言うよりか、小骨が喉に刺さったような小さな違和感がある。

「つまり、陛下が何かたくらんでいるってことですか？」

導き出した結果なのだが、私が告げたとたんにマーリエ父が声を出して笑った。

別に、ウケ狙いで言ったわけじゃないのに。

「すまない。セリューはあれでも己を律し賢君として通っているのだが……」

途中で、思い出したようにまた笑うマーリエ父。

どこがツボにはまったのか、さっぱりわからない。

「ネフェルティマ嬢のような年端もいかない子供に疑われているのが面白くて」

まぁ、本来であれば、陛下に何かお考えがあって、こんな子供には到底及びもつかないことだろうと流すのがいいのかもしれないけど。

考えてもみて。あのルイさんの兄で、テオさんやエリザさん、アイセさんといった曲者の父親だよ？　何か裏があると思っても不思議じゃないでしょう。

「……血は水よりもこいと言いますから」

血縁は他人よりも絆が強いという意味の言葉ではあるが、この皇族に対しては中身が似ているという意味で、この言葉がぴったりだと思う。まさに、血は争えない、だ。

そうなると、いずれダオもあんなふうになってしまうのかな？

計算高いダオ……この可愛らしい顔立ちで腹黒は嫌なので、せめて賢いキャラに成長して欲しいな。腹黒はあやつだけで十分だよ。

ダオの顔を見て、ちょっと大きくなったダオを想像する。

十代までなら爽やか少年って感じだろうけど、このまま剣を極めていけば体つきもしっかりして、陛下よりの美丈夫に進化する可能性は高いと思う。

そうなれば、他のご令嬢たちも放っておかないだろうし、マーリエも少し焦ったりするかもね。

マーリエは今でもめちゃくちゃ可愛いから、どうあがいても美人にしかならない。

逆に、マーリエがモテモテになって、ダオが焦るというパターンも……。

超可愛い！　絶対可愛い‼　この目で見たい‼

自分の妄想に悶えていたら、マーリエからジト目で見られた。

「ネマ、気持ち悪いわよ」

でも、二人が可愛いからやめられない！

9 ダオの交遊会は晴天ナリ！

ダオの交遊会は晴天に恵まれた。

会場となったのは、先日マーリエ父たちとお茶をしたのとは別の庭園だった。

宮殿の敷地はとても広く、私がよく遊ぶ噴水のあるお庭や先日の庭園は皇族のプライベートエリアにあり、こちらは催し物でよく使用される庭園らしい。

今はあちこちにテーブルセットが置かれ、その上も華やかに飾られていて、会場の片隅にはたくさんの料理と飲み物が用意されていた。

アイセさんの交遊会は立食式だったので、ダオのもそうだと思ったんだが違うのだろうか？

それに、ダオの交遊会なら同じ年頃の子供が多いはずなのに、テーブルセットは大人用なのも気になる。

子供だけにはしないだろうから、保護者用のものかもしれないけど。

「どうやら早く来てしまったようですね」

そうなのだ。会場には他の招待者の姿はなく、侍女や料理人たちが忙しく準備に追われていた。

ダオの警衛隊の皆さんは警備のためか、あちこち調べている様子もあった。

こうして働く姿を見ていると、動きに無駄がなくプロ集団であることがよくわかる。

「あの料理人……」

パウルの視線の先で、料理人が焼き菓子が載ったお皿を配膳していた。

何が気になったのかよくわからなくて目で追っかけてみたけど、各テーブルにお皿を配ったり、お茶っ葉を種類ごとに並べたりとよく働いている。

すると、視界の隅に変な動きをしている人がいた。

「何しているんだろう？　水浴び？」

「あれは噴水の中を調べているのでしょう」

二人がかりで水の中に不審物がないか確認しているらしい。その他にも、木の上を一本一本調べたりもしている。

「あのような場所に何か仕掛けるのは二流三流ですがね」

パウルが少し呆れたように言うので、パウルならどこに仕掛けるのか聞いてみた。

「そうですね……わたくしなら、この建物の上から狙います」

会場を鋭い視線で見渡し、最後に宮殿の棟を見上げて言った。

……パウルはスナイパーになる気なのかな？　あんなに離れていて、要人を狙うってかなり難しいと思うぞ。

本当に、パウルは何者なんだろうね。

「そもそも、このきゅうでんにあやしい人が入れるとは思えないけど」

「協力者がいれば入れますよ。まぁ、簡単ではありませんが」

副音声で、我々には可能ですと聞こえた。絶対にやろうと試みないで欲しい。

しばらく準備風景を眺めていたら、ぞろぞろとたくさんの人がやってくる音がした。

「ネマッ！」

先頭を歩いていたダオが満面の笑みでこちらに駆け寄ってくる。

「ダオルーグ殿下、本日はごしょうたいありがとうございます」

ライナス帝国式の礼をして、ダオに挨拶をする。

「こちらこそ、来てくれて嬉しいよ」

ちゃんと皇子としての立場を保ちつつ、嬉しいを溢れさせているダオが可愛くてしょうがない！

人目がなければ、頭をなでなでしたのに！

「殿下、そのように走るのははしたないですわ」

人を率いてやってきたのはマーリエ母だ。扇で口元を隠してはいるが、ダオに対して呆れているという態度を顕（あらわ）にしている。

事前にマーリエ父からはマーリエ母の出席を聞かされていたし、彼女を抑えられるマーリエ父が出席できないのも知っていたけど、しょっぱなから会ってしまうとは。

「……エンレンス夫人、ごめんなさい」

ダオが謝るとマーリエ母は満足したのか扇を閉じ、他の出席者たちを連れて会場に歩いていく。

マーリエも母親には逆らえないようで、大人しく側に付き添い、心配そうにダオを見やるだけだった。

「ダオ、大丈夫？」

「うん。ネマも行こう」

無理に微笑んでみせる姿は痛々しいが、それでも気丈に振る舞うダオの意思を尊重して、ここは大人しく口は出さないでおく。

いつも誰かがダオを手助けできるわけでもないので、自分で乗り越えようとしているなら見守るべきだ。

行こうと手を差し出してくれたダオ。彼の手を取ると、拙いながらもエスコートしてくれる。

「ありがとう」

感謝を込めて笑顔でダオに礼を言えば、ダオもいつもの笑顔を返してくれた。

ただ、交遊会とはいえ、保護者同伴となればここは社交の場。

敵意を向けてくる者はたくさんいる。

「ほら、あの子でしょう？　なんでも、耳当たりのよいことを言って、ダオルーグ殿下を誑かしているとか」

「まぁ。酷い」

ここ最近のダオの変化は、ダオと接する者たちならすぐに気づいただろう。

良識のある大人は好意的に受け止めているが、ダオの側で甘い蜜を得ようとする者たちは心中穏やかにはいられないようだ。

まぁ、他国で噂になったくらいでは、我が公爵家はなんの痛手も受けない。

「いい、ダオ。ここにいる大人たちは、私たちが物わからぬ子どもとあなどっているわ。そういうときこそ、相手の本性が出てくるの。しっかりと見きわめてね」

「でも、交流するのは子供の方だよ？」

「子どもはね、すごく親にえいきょうされるの。でも、マーリエのようにダオのことを思ってくれている子もいるかもしれないし、話せばわかってくれるかもしれない。しょうらい、ダオの側近になる者たちを選ぶのだからすぐに決めなくてもいいのよ」

皇族の皆さんに、自分の側近を決めるきっかけなどを聞いてみたら、意外と時間をかけて為人を確かめていた。

特に多かったのが、学術殿での生活や態度を見てというものだ。幼いときに側にいることを許しても、学術殿に上がると爵位の低い者に高圧的に接する、勉学に励まないなど、別の姿が見えてきたという。

世界が少しだけ広くなって、親の目も届かないから開放的になったり、思春期特有の態度だったりするんだろうけど、そういった己を律することができない者はいらないらしい。

本当、この国は厳しいね。

「だから、ダオは楽しんできて」

そう言って、人の輪に入るのを躊躇するダオの背中を押した。

「ネマにも楽しんでもらいたいんだよ？」

「ダオががんばっているのが楽しいから大丈夫！」

すでに楽しんでいるよと伝えれば、ダオはふて腐れた顔をする。

「そういうことじゃないのに……」

私が頑張れと励ますジェスチャーをしたら、とぼとぼと人が多い場所に向かっていった。

「この機会に、お嬢様も交友を広げてはいかがですか？」

それでは聞いてくれ。

私、ライナス帝国でのお友達がダオとマーリエしかいません‼

歓迎の宴のときにたくさん友達作りたいみたいなこと言ったけど、考えてみれば、私の行動範囲に子供は立ち入れないっていうね。

先ほどの様子からして、親たちは私のないこと十割の噂を子供たちに言い聞かせているかもしれない。

「半分以下ではありますが、中立派の家も招待されているようですし、すでに他の皇子の側付きに選ばれている家も見受けられます」

「テオ様やクレイ様のってこと？」

「はい。下のご子息をお連れになっているのでしょう」

それってありなの？

我が国では、長子後継とされているので、一番最初に生まれた王子が王太子になるのが通例だ。

それでも王宮内には各王子の派閥ができて、あわよくばを狙うこともある。というか、過去に王太子が政権争いに負け、第二王子が国王に就いた事例がある。

聖獣と契約しないと皇帝になれないとしても、その側近になった皇子を推さない？　交遊会に出席するってことは、貴方の派閥に入りたいという表明になっちゃうよ？

ついいつもの癖で首を傾げてしまい、パウルから注意が飛ぶ。そのあとに、ちゃんと疑問にも答えてくれたけど。

「どなたが聖獣様に認められるかわかりませんので、保険のようなものかと」

「それはそれで、みな様に失礼じゃない？」

私が納得できる答えではなかった。

複数の皇子や皇女のグループに属することによって、誰が皇帝になってもいいようにって考えが嫌だなぁ。

もっと経験を積み重ねれば、ダオだって他の兄姉に負けないくらい立派な皇子になるのに。

「権力争いとはそういうものです。先を見据えることができる者や相手を上手く操れる者が勝ち残る世界ですから」

まぁ、貴族として生まれたのなら、多かれ少なかれ権力抗争の中を上手く泳いでいかないといけないんだけどさ。

わかっていても、感情はダオを優先してしまうよね。

「こういった場では、権力構造が顕著(けんちょ)に現れます。しっかりと頭に入れて帰りましょうね」

そう告げるパウルの視線の先には、獣人のご夫人がいた。

なるほど。ここにいる貴族の半数以上がマーリエ母を支持する者たちで、残りは中立派という名の日和見主義の者と体裁を取り繕うために招待した他種族の貴族ということか。

　日和見主義の中立派は、対立派閥の形勢が危うくなれば取り込むことができる。他種族の貴族はマーリエ母にとって、毒にも薬にもならない存在なのだろう。

　招待した理由は、爵位を持つ獣人をのけ者にすれば、対立派閥からつけ込まれるからだと思う。招待された方は立場的にもマーリエ母に逆らうことはできないだろうし、出席すれば針のむしろで、ある意味生け贄に近い。

　貴族社会は本当に世知辛いね……。

「それでは、貴族らしい交流をしに参りましょう」

　それはつまり、この場にいる人たちの敵意に臆することなく躱すなり、やり返すなりしろってことですかねぇ？　愛想笑いだけで乗り切れないかな？　……無理か。

「パウル、何かあったら助けてね」

「もちろんです。ちゃんとお側におりますので」

　というわけで、会場を見て回ることにした。

　配膳係からジュースを受け取り、美味しそうなお菓子やケーキにも目がいってしまう。

「お人形さんが、まだお友達のようですのね」

　テーブルの側にいた女性たちが、クスクスと嘲るような笑いを扇子で隠す。いや、隠せてはいなかったわ。

　無視してもいいんだけど、嗤われたままなのも癪である。

「私の大切な宝物なんです」

私は彼女たちに向かってニッコリ笑ってそう告げる。

私とソルを繋ぐ大切な竜玉（オーブ）だ。誰になんと言われようと、肌身離さず持っている。

竜玉は好きな形に変化させられるのでアクセサリーにしてもいいけど、やっぱりなくしそうで怖い。それに、うさぎさんリュックの方が、何かと便利だよなぁ。特に転んだときとか。

「宝物ならば一層のこと、こういった場にはお持ちしない方がよろしくてよ」

「粗相（そそう）して汚してしまうかもしれませんものね」

話を続ける彼女たちにも驚いたが、そういえば、うさぎさん汚れないなと今さらに思った。

竜玉なら汚れなくても不思議ではないが、うさぎさん自体にバリア的な作用がついているのだろう。常に私と一緒で、大変な目に遭ってきたうさぎさんだ。汚れだけでなく、破れたりしてボロボロになっていただろう。

「ご心配は不要です。こう見えても、我が家はこうしゃく家ですので、きびしく育てられておりますから」

親の爵位を出されては口籠（くちご）もるしかないのか、少々顔色が悪くなった。

だが、これで終わらせるつもりはない！

「ライナス帝国はいいですね！　れいぎさほうがきびしくないみたいで、うらやましいです」

本当に羨ましがっているように演技もつける。

実際は羨ましくもなんともない。自由度が高いぶん、求められるもののハードルもめっちゃ高いからだ。

「わがガシェ王国はれいぎさほうが細かく定められておりまして。名乗りと礼、これがなければ始まる前から終わっているというのが、おとう様の口ぐせなんですよ」

身分や状況に応じた礼が数多くある我が国では、人間関係の始まりは名乗りと礼からと言われている。

それができない貴族は社交界において白い目で見られるので、まともな人間関係は望めない。

つまり、終わっているということだ。

女性たちの目が戸惑うように私から逸(そ)らされた。

気づいたのかな？

自国の皇族が主催する催しで、名乗りもせずに国賓に話しかけ嘲笑(ちょうしょう)する。

それによって、ライナス帝国は礼儀を知らぬようだと、こんな子供に言われて恥をさらすはめになったと。

人の不幸は蜜の味と言うが、会話が聞こえていたであろう範囲にいるご夫人たちは助けるわけでもなくただ微笑んでいるだけ。

ここで庇っては、自分が恥知らずな人たちの友人だと広まるのを嫌がっている節もある。

私に嫌味を言ってきた彼女たちも、とっとと謝ってうやむやにすればいいものを。

「それでは、失礼いたします。ご忠告、ありがとうございました」

人の少ない場所まで行き、パウルに疲れたと愚痴をこぼす。

「頑張られましたね。ですが、わたくしからするとまだまだ甘いです」

ママンレベルの崇高な嫌味の応酬を求められても無理だよ？　あのパパンですら言葉ではママンに敵わないんだからね？

「あの場合、どうしたらいいの？」

甘いと言うのならば、お手本を教えてくれ。

子供にもできる、華麗に躱す術を！

「わたくしでしたら……。皆様のような大人に早くなりたいです。でしょうか」

「その心は？」

パウルのことだから、絶対そんなこと思っていないはずだ。

本音はどんな酷いことを思っているのやら。

「頭からっぽで生きていくなんて哀れだな」

素に近い言葉だったからか、背筋がひゃってなった。

目が……パパンが怒ったときみたいに冷たいよ。

失礼いたしましたと、いつもの表情に戻ったけど、やっぱりパウルは敵に回してはいけない人物だな。

「とりあえず、相手をほめればいいの？」

「基本はそうですね。褒めておけば、こちらのことを甘く見るでしょうし、言い負かしたときの傷も深くなります」

ようは、よいしょしてからの突き落とせばいいんだな！

はなから噛みつくよりも、ショックが大きくなると。

……結局、悪どいことには変わらなくない⁇

うーんと唸っていると、パウルが片膝をついて視線を合わせてきた。

「状況を正しく判断している方は、お嬢様に失礼な言動はいたしません。そういったことを言ってくるのは貴族というだけの馬鹿か、お嬢様を試そうとしている厄介な相手のどちらかです」

おぅ。パウルも辛辣だな、ヲイ。

「ですが、厄介な相手はお嬢様を認めたら、心強い味方となってくれるでしょう」

なるほど。そういう相手を見極めろってことか。だけど、その見極めっていうのが難しいんだよねぇ。自分がダオに言っておいてあれだけど、厄介な相手は本当に厄介だ。

「がんばる‼」

気合いを入れ直して、再び人が多い場所に戻る。

ほとんどの人が、パウルの言っていた状況を正しく判断している人なのか、変なことを言われることはなかった。

そして、子供たちに話しかけようとすると、それとなぁく逃げられたのには、さすがの私でも泣きそうだよ。

私に近づくなという指示でも出ているのかな？

私が離れたからかマーリエがダオの隣にいるのが見えた。

やはり、マーリエがいると心強いのだろう。ダオもこの場に馴染み始めたようだ。

しかし、そんな二人の死角になる位置で様子のおかしい集団がいた。

「パウル、こっそり近づくわよ」

後ろ側からひっそりと近づくと、女の子が突き飛ばされた。

「獣人のくせに、こんな場所まで出てくるなんて、本当に礼儀知らずね」

「やだ、汚い毛がついちゃったわ」

綺麗なドレスを着た女の子たちと一緒にいる同じ年頃の男の子たちも、突き飛ばされ尻餅をついた女の子を見て笑っている。

「あなたたち、何をしているのかしら？」

突き飛ばされた女の子を庇うように前へ出ると、最初はまずいと焦ったような顔をしたのに、自分よりも小さな女の子だとわかればすぐに強気に出てきた。

「獣人は汚い生き物なのだから、ここから追い出そうとしているんだ」

そう言った男の子は胸を張り、自分が正しいことをしていると思い込んでいる。

「大丈夫？　もう少しだけがまんしてね」

そんな彼らの主張はさておき、怯えている獣人の女の子に優しく声をかける。

耳がぺたんとして、ぷるぷる震えている様子は庇護欲がかき立てられるほど可愛い。

耳や尻尾の形から、猫系の獣人だろう。大虎（だいこ）族か小虎（ここ）族かまではわからないけど。

「じゅう人が汚いなんて、どこをどう見たらそう思えるのかしら？」

彼らの言い分より、そちらの方が信じられないと、大げさに言ってみる。

自分の価値観の方がおかしいのかもしれないと思わせることができればいい。

「獣の体を持っているのよ？　耳と尻尾なんて、とてもみにくいわよ」

「まぁ、あなたたちのような人には理解できないのね。じゅう人たちの耳もしっぽも、とてもみりょく的なのに」

「みりょく的？」

「星伍、陸星」

今回、魔物っ子たちで同行できたのは、宮殿を我がもの顔で駆け回っている星伍と陸星、私の髪に隠れているグラーティア、招待客に紛れている海だけ。

誤魔化しようのない白と獣人と偽っている森鬼はお留守番となっている。

せめてスピカだけでもと思ったが、獣人を嫌っている貴族が多いため、連れていかない方がいいとマーリエ父にも言われた。

「わん！　わん！」

「うちの子たちよ。動物だけど、耳もしっぽも毛並みだってすばらしいでしょ！」

「うわっ！　俺、触ったことないんだよ……」

二匹の登場に動物に一度も触ったことのない子たちが怯え始める。

そして、逃げだそうとする子までいた。

「大丈夫よ、その子たちは絶対にかまないから」

近くにいた女の子の手を取り、そっと星伍に触れさせる。

ラース君には及ばないものの、この二匹の毛並みも毎日手入れをかかさないので、極上の仕上がりになっているのだ。

「……っ⁉」

初めての感触に言葉が出ないようで、女の子は目を見開いて固まった。

大人しく、魅惑の尻尾をふりふりしている二匹は、撫でてくれないの？　と言わんばかりの上目遣いで、子供たちに愛想を振りまいている。

「ほら、怖くない。こわくなーい」

自分よりも小さな私に馬鹿にされたと思ったのか、男の子が陸星に手を伸ばす。

陸星もどうして私が呼んだのかを理解しているみたいで、男の子が怖じ気づいて手を引っ込める前に、グイッと頭を押しつけにいった。

その仕草がちょっと猫みたいだったのは言わないでおこう。

「おわっ！」

男の子はビビって飛び退いてしまったが、触ったことがないから怖いのであって、一度触ってしまうと恐怖心は軽減するものだ。

現に、再び男の子は陸星に近づいていっている。

そうやって、みんなで代わる代わる二匹と触れあうと、強ばっていた顔に笑顔が見られるようになった。

「すごいふわふわ！」

星伍の尻尾を触っての感想に、そうでしょうそうでしょうと私は頷く。

お尻周りのぽってり感も堪らないいんだよねぇ。

我が子の可愛さにいろいろと暴走しそうになるが、そろそろまとめることにしよう。

「この子たちの耳としっぽ、すてきでしょう？　じゅう人さんたちの耳としっぽも同じようにとうといのよ！」

特に子供の獣人なんて、可愛いしかない！

しかも、種族によって成長スピードが違うので、ある意味子供の獣人を愛でることができるのはレアなのだよ！

「リアの赤ちゃんみたいに、ぷるぷるふるえている姿を見てかわいそうだと思わない？　守ってあげたいって気持ちがわいてこない？」

いまだに怯えて子供たちを窺っている獣人の女の子に視線が集まり、さらに怯えさせてしまった。すまん。

「この子は私たちが持ちえないすてきなものを持っているのよ。それをうらやましがるならまだしも、汚いものだなんてもう言わないで」

ほんと、羨ましくて、何度スピカの尻尾に飛びかかってしまったことか。

できるなら、私ももふもふ尻尾の獣人に転生して、森の中でもふもふに囲まれる生活がしたかった……。

「……でも、獣人はうろこを持つ奴だっているんだろ？」

「うろこを愛でるのは上級者向けだからおすすめしないわ。でも、平気なら竜種にもさわれるようになる！」

爬虫類系に関しては向き不向きが本当に分かれるので、押しつけたりはしないよ。

それに、爬虫類は見ているだけでも可愛いしね！　つぶらなお目めに、チロチロと出す舌が魅力のヘビ。様々な色を表現するカメレオンは、目の動きも歩き方もユニークで見ていて飽きない。カメもゆったり歩く姿や首を伸ばして呼吸する姿はとても可愛い。

「うそだ！　竜種に触れるもんか！」

地球の爬虫類を思い出していたらがっつり否定されたけど、こちらもがっつり否定させてもらう。

「うそじゃないわ。わがガシェ王国には、リンドブルムとリンドドレイクをあやつる竜騎士がいるし、この国にだってワイバーンに乗る飛竜兵団がいるじゃない」

私自身、リンドブルムに乗ったことがあると言えば、男の子たちは驚き、そして羨ましそうに見つめてきた。

ふふふん。いいでしょー！

「あなたたちだってがんばれば、ワイバーンに認めてもらえるかもしれないのよ？　自分の可能性を自分で狭めてどうするの」

触れないと決めつけては、生き物と仲良くなるなんてできない。

動物も人間と一緒で、仲良くできないって距離を置かれては、仲良くなろうにも近寄れないと感じるのだろう。

「お母様がお許しにならないわ……」

動物を触ったり、獣人と仲良くしたことで、親に怒られると我に返った子が小さな声で呟いた。

「親は親。あなたはあなたよ。そりゃあ、親たちの方が長く生きている分、はんだん力があるけれど、全部したがわないといけないわけじゃない。ダメだと言われたら、理由を聞いてあなたがはんだんすればいいの」

例えば、木に登ったらダメだと言われたら。きっと親なら危ないからと答えるだろう。でも、どう危ないのかまで教えてこそ、子供は理解できるのだ。

もし、落ちたら大怪我をするかもしれないし、下手したら命を落とすかもしれない。

街に行きたいと言ってダメだと言われたら、危険がいっぱいあるのよと親は言うだろう。

でも、その危険を子供は想像できない。経験したことがないからだ。

だから、怖い人にさらわれる、貴族だからと殺されるなど、具体例を言えば、女の子たちが怖がる。

「なんで貴族なのに殺されるんだよ」

「どこでうらみを買っているかわからないじゃない」

「お父様はりっぱな領主だぞ！」

どんなに領民に心を砕こうと、すべての人に好かれることはない。

現に貴方たちは獣人を嫌っていたでしょうと言えば、男の子は押し黙る。

生活に苦しんでいる領民のために政策を打ち出しても、その政策によって不利益をこうむる人が出てしまうだろう。

そういった人たちは不満を募らせ、領主を恨んでしまうこともある。

パパンだって、一部の貴族からは嫌われているのだ。それは、オリヴィエ姉ちゃんだって、サンラス兄ちゃん、ジーン兄ちゃんも同じ。女のくせにとか、金にがめついとか、ふらふら遊んでいるとか、みんながどんな仕事をして、どれだけ頑張っているのかを知ろうともしないで文句を言うのだ。

でも、パパンもオリヴィエ姉ちゃんたちもみんな笑って言うの。

私たちはあいつらのために働いているんじゃないって。国民の声を聞くのが忙しいから、他は何も聞こえないって。

そうやって、真摯（しんし）に働いているパパンは凄く格好いいよね！

「誰しもに好かれるなんて、夢物語でしかないの。でも、自分をきらっているかもしれないと感じても、民を助けているあなたのおとう様はすごい方だわ」

この子の父親がどんなふうに領地を治めているか知らないが、こうして子供に尊敬される仕事ぶりだと思われる。

私がパパンやママンを凄いと思うように、子供はちゃんと親を見て判断しているのだから。父親を褒められて嬉しかったのか、男の子は照れたようにありがとうと言った。

その照れた姿がとても可愛らしかったが、撫でるのはやめておく。

「さぁ、話はもうおしまい。仲なおりしましょ」

パウルが汚れちゃったドレスを綺麗にし、お世話してくれたので、獣人の女の子は泣き止んでいるが……。

はっ！　すんごいキラキラした目でパウルを見つめている‼　惚れたのか？　惚れちゃったのか⁉

こんな子猫な幼女を手玉に取るとは……パウルめっ‼

獣人の女の子はパウルに促されて私の隣に来ると、か細い声でお礼を言った。

「……突き飛ばして悪かった」

一人が謝ると、それに倣うように他の子たちも謝罪を口にする。

「あなたがいやなら許さなくてもいいのよ。でも、この子たちは親に言われたことしかじゅう人について知らなかったの。あなたが教えてあげるのも手だけど、あなたはどうしたい？」

「……わ、わたしこわくて……」

彼女の言葉を聞き漏らさないよう、急かさずただ黙って見守る。

「ゆるせないっておもう……。でも、どうしてあんなことしたのか、わたしはしりたい」

「じゃあ、みんなに聞いてみようか。でも、ここじゃなくて、あっちの席でお菓子を食べながらね！」

みんなを連れて空いているテーブルに着席すると、パウルがすかさずお茶の用意を進める。

「いい。かこんを残さないために、素直に言いたいことは言う、聞きたいことは聞く。身分は関係なしよ！」

これが上手くいけば、この子たちはもふもふを布教する足がかりになる。

当初の予定では、最強ケモミミメイドのスピカを自慢しまくるつもりだったけど、機会は多いに越したことはない。

よし、気合い入れていこう！

友達になれるチャンスは逃さないぞ！

「まずは落ちつくためにもお茶をいただきましょう」

そう言って私が率先してお茶を口にしたので、子供たちもおずおずと飲み始める。

平常とは言えない状態だろうに、それでも作法がしっかりしているところを見ると、厳しく躾けられているようだ。

「……美味しい」

女の子が思わずといった様子で口にした言葉に、パウルが微笑む。

「お口にあったようで幸いです。こちらはガシェ王国のモーム産の茶葉を使用しております」

ディルタ領の東側、ワイズ領とも近い地域では、お茶の生産が有名だ。その中でも、モーム地方の茶葉は一級品として貴族に愛用されている。

もちろん我が家でもよく出されるが、ジャスミンティーみたいな味で飲みやすい。

女の子がパウルの笑顔にやられてポーッとなっているが、この国の貴族はイケメン耐性が低いのか？

ダオはまだ可愛いが勝っているから対象外としても、他の皇子たちを見たら発狂しない？　よく宴でトラブル起きないね。

幼いゆえに、まだ多くのイケメンに遭遇していないせいもあるだろうけど、騙されたりしないか心配になってしまう。

「さてと、みんなの名前を教えてくれる？　あ、家名やしゃく位は言わないでね」

爵位を言ってしまうと、萎縮して言いたいことが言えなくなってしまう。

まぁ、一緒にいた子供たちは互いがどこの家の者か知っているかもしれないけど。

「私はネフェルティマ。長いからネマって呼んでね」

「俺はルネリュースだ」

父親を尊敬している、子供たちの中では最年長と思われる男の子が最初に名乗る。

鱗(うろこ)に苦手意識を持っていた男の子はオルトマート、星伍の尻尾にメロメロだった女の子がアウレリア、お茶を美味しいと言ってくれた女の子はルネステル。ルネリュースとルネステルは兄妹なんだって。

そして、獣人の女の子はと言うと……。

「み、ミーティアです」

一瞬、鳴き声かと驚いたが、名前まで子猫みたいで可愛い！

可愛い、可愛いとベタ褒めしていたら、恥ずかしいのか真っ赤な顔をして縮こまってしまった。

「ネマお嬢様、ミーティア様を困らせるのはやめましょうね」

パウルに名前を呼ばれたせいか、ミーティアはますます顔を赤らめた。

しかも、尻尾をピンッと立てているので、よほど嬉しかったのだろう。

ミーティアに悪気はないのだと謝ると、彼女はぎこちないながらも笑顔で許してくれた。

「みんなは毎日何をして遊んでいるの？」

　空気を変えようと、最初の話題を出してみたものの、ルネリュースに遊ぶ暇はないと一刀両断された。

　朝から夕方まで、お勉強や稽古で忙しいんだって。

　それでも、休みの日くらいあるでしょうって言ったら、そういう日は今日みたいに母親の社交に付き合わされるとか。

　これには私も絶句だ。いくら貴族だからって、こんな幼いときから勉強漬けとか、私だったら反抗するか家出しているかだね。

「ミーティアさんは？」

「わ、わたしは……やまで……」

　山！　なんと羨ましい‼

　サバゲーごっこも木登りもし放題！　秘密基地だって何ヶ所も作れちゃう！　それに、もふもふな動物たちにもたくさん会える‼

「山でどんな遊びをしているの？　木登り？　かくれんぼ？　本格的なオーグルごっこ？」

「あ、あの……ほんかくてきなオーグルごっことはなんですか？」

「強い人にオーグル役をやってもらって、みんなでやっつけるの！　全力で！」

　これが意外と魔物っ子たちのいい訓練にもなる。

　オーグル役はいつも森鬼固定で、それ以外の魔物っ子たちと私とでの総力戦なのだが、森鬼は手強い。私は司令塔役で戦闘には参加しないけど、まぁ、勝てたことはない。ただ今、全敗記録更新中だ！

「それはやったことないですが、はたとりならよくやります」

「はた取りって、組にわかれて、相手の陣地にあるはたをうばうやつ？」

「そうです」

何それ、超面白そう！　地形を活かして奇襲かけたり、罠をはったりもできそうだし、戦術を学ぶにもよさそうだね。

はっ！　獣人の貴族のほとんどは軍関係者。つまり、これも軍人としての教育の一環なのか。遊びながら身体能力が向上でき、遊びながら戦術や人の使い方を学ぶ。

待てよ……これをロスラン計画に取り入れるのはどうだろう？

森の中に巨大なアスレチックを作って、それを使って旗取り合戦をやる。

元々、生息する魔物がちょっと手強いから上級者向けにする予定だったし、宿泊施設に秘密基地風ツリーハウスがあるのだから、大人の遊び場……いかがわしく聞こえるな……。童心に返れる場所をコンセプトに施設を充実させてみてはどうだろう？

となると、水遊びも外せないな！

「ミーティアさん！　すぐにとは言えないけど、その山に遊びにいってもいいかな？」

「えっ!?　……たぶん、だいじょうぶだとおもいます」

よし。あとでルイさんに相談しようっと。

「遊んでばかりいると、嫁ぎ先がなくなるぞ」

ルネリュースが呆れたように私たちを見つめるが、なぜ嫁ぐところまで飛躍（ひやく）したんだ？

「そうですよ。変な噂立てられたら、それこそ家の恥。しっかりと学んで、よりよい家から縁談を望まれるようにとお母様が仰っていました」

私がなんでと呟いたのが聞こえていたのか、妹のルネステルが答えてくれた。

貴族としては正しいのだと思うけど、子供なのに夢が持てないだなんて泣けてくる。

これくらいの年頃って、パパと結婚するか白馬に乗った王子様が〜って言うんじゃないの？

残念ながら、この世界の王子様たちは白馬ではなく聖獣に乗っていることが多いが。

「でも、わたくしたちはまだ楽なほうです。ダオルーグ殿下にはマーリエ様がいらっしゃいますから」

アウレリアの発言にミーティアすらもそうだというふうに頷いている。

ダオにマーリエがいるっていう言い方は釈然（しゃくぜん）としないが、まぁ、言いたいことはわかる。

「他の殿下方と同じ年頃のご令嬢たちはもっと厳しい教育を受けていると聞きます」

「僕の姉様はアイセント殿下と同じ歳だけど、跡取りの僕よりも難しいことを学んでいるみたい」

アウレリアとオルトマートが説明してくれるが、そうまでして子供を教育する理由はなんなのだろう？　女性でも側近に選ばれることはあるだろうが、それでも狭き門のはず。

「テオヴァール殿下には婚約者がいらっしゃいますが、他の殿下方にはいらっしゃいませんし、もし聖獣様に選ばれれば……」

「かのお方は貴族といえど末端の、しかも南方部族の出。高貴なる地位には高貴たる血が相応しい。次は中枢貴族から輩出(はいしゅつ)したいと父上はお考えのようだ」

誰と明言していなくとも、その発言はアウトに近いのでは？

「わたくしの父も同じようなことを仰っていましたわ。聖獣様に認められた血族ではないから、殿下方もいまだに認められていないのだと」

「でも、聖獣のけいやく者は聖獣が認めた人とでないと結婚できないのでしょう？」

「いや、聖獣様は高貴なる血を好むと聞いている。今回は偶然だったのでは？」

おや？　こちらの貴族には、聖獣の契約者の伴侶に関する条件が伝えられていないのかな？

ヴィが言っていたのは、契約者には及ばずとも、聖獣が好ましいと感じる資質がなければ、どんなに思い合っていても結婚は認めてくれないと。

ヴィのように王太子ともなれば、結婚は真名の誓約となる。真名で繋がれば、わずかではあるが聖獣とも繋がりができる。だからこそ、聖獣が認める相手でなければならないし、そもそも契約者は自分の聖獣が嫌うことをやろうとは考えない。

ヴィはラース君のことを半身だと言う。陛下はユーシェのことを伴侶と言う。それくらい、契約者と聖獣は固い絆で結ばれているのだ。生半可な恋愛感情では太刀打ちできないだろう。

それに、高貴な血って言うけど、各国の王族は神様のお気に入りだからだと思うんだよね。ガシェ王国もライナス帝国も、初代が愛し子という共通点があることから、それも関係しているかもしれないけど、たぶん、見ていて楽しいからとか、そんな理由な気がする。

……つまり、人間が増長したのは、神様にも責任があるんじゃ……。

やっぱり一度殴り込みに行った方がいいと思うのは私だけか？

「けいやく者の相手にふさわしいかを聖獣が見きわめるけど、そこに血筋は関係なく、本人のしつが重要なんだって私は聞いたけど？」

「誰がそんなでたらめを言ったんだ？」

ルネリュースが呆れたといった表情をしているが、それを言っちゃうと私が言った身分関係なくっていう前提が崩壊するよね。

「うーん、まぁ、ある国の王子様かな？」

凄く疑われているような感じもするが、ルネリュースはなんだそれと深く突っ込んでくることはなかった。

こうして話してみると、ルネリュースたちは年頃にしては聡明だと実感する。厳しい教育の賜物か。

「ミーティアさんはどう思う？」

「え？　あっ……せいじゅうさまがおきめになったのであれば、わたしたちはそれをうけいれるだけですので……」

「じゅう人さんは聖獣をすうはいしているのでしたね」

「はい！　とてもけだかくおつよいときいております！」

いきなり声が大きくなったので驚いたが、獣人は基本強さに重点を置く種族だったのを忘れていた。

獣の姿をし、神の眷属である聖獣を特別視するのも当然か。

「わたしなんかがでんかのおめにとまることはないとわかっておりますが、きゅうでんならせいじゅうさまのおすがたをとおくからはいけんできないかとおもいまして……」

今日出席した目的がダオではなく聖獣、ユーシェやサチェの姿を見てみたいからとは。

この子、意外と肝が据わっているのかも。

「しゅぞくがちがうと考え方もちがうし、価値かんもちがう。話してみなければわからないことってたくさんあるから、こういう場が必要なのかもね」

「だからといって、俺たちが親に逆らってもいいことはないだろう」

「ルネステルさんにも言ったけど、親は親。あなたはあなたなのよ。親と同じようになる必要はないし、親にりかいされなくても……淋しいけれど生きていけるわ。あなたが見て、さわって、けいけんし、感じたことはあなただけのものだもの。それをそんちょうしてくれるかは相手しだいだけど、受け入れてくれる人は必ずいる」

人間関係っていろいろ大変で、親だからって必ず理解してもらえる、なんてことはない。

学生時代みたいに、毎日顔を合わせていた友達ですら、大人になれば疎遠(そえん)になるのだ。その中でもずっと繋がっていられる友達って、そのときの自分を受け止めてくれているから、自分もその友達を受け入れられるから続くんだと思う。就職や結婚、付き合う恋人によっても価値観が変わったりする中で、ずっと続くのって凄いよね。

親に抱く感情もきっと違う。子供の頃は甘えたいし嫌われたくないって思うし、思春期になったら親の言うことがいちいちウザかったり、学生のときはいると便利って感じて、就職して独り暮らしになると親のありがたみを痛感する。

働くだけでも大変なのに、それに加えて家事と育児もやっている世の中のお母さんは、本当にスーパーウーマンだよね！

私は前世では結婚もせずに子供も産んでいないから、その大変さを経験していないけど、上の兄姉は何かあったらすぐ親に頼ることを当たり前だと思っている節があって、末っ子としては凄くモヤモヤしてたなぁ。

最初は孫に会えるから喜んでいた親も、段々度が過ぎるようになって呆れていたし。

やっぱり、身内にこそ、その人の本当の性格が出るのかもしれない。

「今は親の言うことが大切だと思うかもしれないけど、考えてみて。死ぬまでの人生で、一番長く付き合うのって結婚相手だし、同世代の跡取りなんて引退するまで顔を合わせるのよ？」

女性は早ければ十代後半で嫁いでしまう貴族社会。

親兄弟と過ごす時間より、圧倒的に結婚してからの方が長いのだ。

家の跡継ぎ同士で同世代だった場合、仕事場でも、パーティーでも顔を合わせることになる。

うちのパパンと大臣ズのように。

「それを考えると、恋愛感情は別としてもそんけいできる人と結婚したくない？」

この子たちが柔軟な考えをできるようになれば、政略結婚でも相手を尊重し、尊敬しあえる関係を築けるかもしれない。

相手がクソだったら……家の実権を握るしかないので、そこでも柔軟な発想が活きてくるだろう。

「尊敬できる相手であればそれにこしたことはないだろうが……」

「なんでそこで相手任せ？　自分もそんけいされるような人にならないと、できた人物が相手にするわけないでしょう」

なんか、今までで一番驚いた顔されたんだけど？

ひょっとして、周りから尊敬されていると思っていたとか？

そこに思い至って、私も驚くと、ルネリュースは顔を真っ赤にして背けた。

「ルネリュースさまもみなさまもとてもりっぱだとおもいます。わたしにあやまってくれたのは、みなさまだけですから」

気まずい空気が流れていたのをミーティアがほのぼの空間に変えてしまった。

自分が意地悪していた相手に褒められるという、なんともいたたまれない感じではあるが、それでもミーティアに認めてもらえたことが嬉しいと、みんなの口元が緩む。

しかし、そんなほのぼのとした雰囲気も長くは続かなかった。

「きゃぁぁぁーーー」

庭園に響き渡る悲鳴。

何事かと周囲を見回すと、数人が倒れているのが見えた。

「誰か、治癒術師を呼べ！」

警備隊が倒れた人を介抱するが、その側でまた一人倒れた。

ダオのところの隊長さんが何やら指示を出しているようだが、こちらには声が聞こえない。

「パウル、行きましょう」

みんなを残して、私は倒れている一人に近づいた。

顔面蒼白で、唇にはチアノーゼが見て取れる。それに、白い泡のようなものも。

「明らかに、何かしらの毒による症状でしょう」

「命にきけんは？」

「治癒魔法が間に合えばとしか」

騒ぎに気づいたダオとマーリエがやってきて、隊長さんから説明を受けているようだ。

「なぜ、マリエッタ様は何もなさらないのかしら？」

ダオの交遊会とはいえ、この催しを実質仕切っていたのはマーリエ母だ。

普通ならば、場を収めるために動くのではないのか？

「ネマッ！」

血相を変えたダオがこちらに走ってやってくる。

どうやら、よくないことのようだ。

「今日、任務についているはずの治癒術師がいないんだ。宮殿から急いで連れてくるようには言ったけど、間に合いそうにないってレクスが……」

レクスって誰だっけってなったけど、それより治癒術師が間に合わない方が大問題だ。

「精霊さん、急いでへいかに知らせて！」

風の精霊なら、宮殿内の異変をすでに陛下に伝えているかもしれないが、私が現場にいることも伝われば、より早く動いてくれる可能性がある。

「パウル、おかあ様から配られた、ちゆ魔法の魔石は持っているわね？」

「持っておりますが、こちらは怪我を治すことにしか使用できませんよ？」

治癒魔法の魔石は、我がオスフェ家の魔術研究所が作り、ハンレイ先生たち癒やしの氏が魔法を込めているもので、レイティモ山に入る冒険者は携帯が義務づけられている。

我が家の使用人も全員が所持するよう言いつけられていた。

屋敷に勤めている者よりも外で諜報活動している者の方が多いので、彼らの生存率を上げるためだ。

そもそも、治癒魔法とは、生き物が持つ自己修復機能、つまり自然治癒力を増幅させ、速度を速めることが基本だと言う。そこから、魔力と女神様の力が複雑に絡み合い、難しい治癒魔法に発展するわけだ。

何が言いたいかというと、魔石に込められた魔法を外部からの魔力で調整すれば、治癒ではなく体力回復にも使えるというわけだ。

ただし、この使い方をするには、魔力を繊細にコントロールする必要がある。

パウルに頼んだら、即座に却下された。魔力のコントロールに集中すると、私の警護が疎かになってしまうからって。

そうなると、やや不安はあるけど、会場にいる警衛隊の魔術師にお願いするしかない。

「ダオ、けいえい隊で一番魔力操作が上手い人を呼んで」

「わかった！」

「黒、出てきて」

「ネマお嬢様、何を……」

くしゃみとともに出てきた黒は、久しぶりの外にぴょんぴょんと元気に喜んでいる。

「にゅ～！　にゅっにゅ～～～!!」

ごめんよ、黒。白と遊ぶために呼んだんじゃないんだ。あとでいっぱい遊んでいいから、今は私の話を聞いておくれ。

ハイテンションな黒を持ち上げて、目線を合わせる。目がないけど、そこは気にしない！

「黒。今、毒で苦しんでいる人がたくさんいるの。黒が体の中に入って、毒をやっつけてくれないかな？」

魔物っ子たちの中で、解毒能力を持っているのは雫と黒だけだ。紫色の子たちは毒を好むが、他の個体を治せる解毒能力は持っていない。

「にゅぅぅ～」

他の人の体内に入るのが不服のようだ。

黒にやる気を起こさせるいい方法は何かないか？

「ネマお嬢様の言う通りにしたら、コクの大好きな生のガードラを山ほど食べさせてあげます」

「にゅっ⁉　にゅぅにゅっにゅぅぅぅぅ〜〜‼」

一瞬でやる気マックスになっただと⁉

パウルがなぜ黒の好物を知っているんだ！　私だって知らなかったのに‼　つか、私も食べたいんですけど！！！

私が驚いて、パウルを二度見三度見している間に、黒は一番近くに倒れている人の中に入っていった。

「さすが、飼い主に似るとはこのことですね」

私を見て言うな！　自分でもちょっとだけそう思ってしまったんだから。

うぅぅっと頭を抱えて唸っていたら、隠れていたグラーティアが出てきて、牙を鳴らして何かを訴えてきている。できるとかやりたいって言っているようだが、何をやりたいのかがよくわからない。

通訳者の森鬼がいないので、細かな意思疎通ができないのだよ。

「わんっ！」

「わんっ！」

ぼくたちのこと忘れないでと、二匹に責められた。

だけど、白や黒は誤魔化せても、しゃべる犬は誤魔化せないよね？

「ネマ……」

「ネマ、連れてきたよ！」

マーリエの心配そうな声とダオの慌てた声で、私は迷っている場合ではないと再認識した。

「パウル、この子たちが魔物だと正体が知られたとして、何か問題が起こったりする？」

「知られなければよいのでしょう？　精霊様にお力を借りてはいかがですか？」

その手があったか！

「パウルはけいえい隊の人に魔石のことを伝えて」

私はその間にグラーティアが何を伝えたいのか、星伍と陸星に訳してもらうことにする。

なるべく周りに聞こえないよう、小さな声で精霊にお願いした。

私と星伍、陸星の声を聞こえないようにして欲しいと。

私には精霊を見ることも声を聞くこともできないので、お願いを聞いてくれたか確かめるためにマーリエに声をかけた。

「何？　聞こえないわ」

よし、これならいけるね。

自分から声をかけておいて申し訳ないが、マーリエには謝るジェスチャーをして、早速二匹にグラーティアの言葉を訳してもらった。

「グラーティア、作れるって！」

「……何を？」

「ママのママにいっぱい食べさせられたやつ」

星伍と陸星はグラーティアの言葉をそのまま言っているのだろう。

つか、ママって誰だ？　ママのママはお祖母ちゃんってことになるが、母方のお祖母ちゃんのことではないよね？

ママは誰かと尋ねれば、あるじ様のことだよと返ってきた。

あるじ様……私のことか‼　グラーティア、私のことママって呼んでいるの⁉　何ソレめっちゃ可愛いんですけど‼

あまりの可愛さに押し潰さんばかりに頬ずりをしてしまい、耳元でカチカチと牙の音がして我に返った。

「それで、おかあ様に何を食べさせられたの？」

ママンに何かされたと言うなら、私が寝ていた間にいろいろと実験に付き合わせてしまったのだろう。うちのママンが申し訳ない。

「元気になる葉っぱだってー」

陸星、その言い方だと法に触れるヤバい葉っぱを連想するからやめなさい。

それにしても、通訳するのも大変だったんだな。森鬼がグラーティアの伝えたいことをちゃんと汲み取り、抽象的な言葉を状況や知識に照らし合わせて、私にわかりやすい言葉に変換してくれていたのだと思うと、ちゃんとお礼を言わねばなるまい。

さて、元気になる葉っぱで思い浮かぶのは、回復薬などに使われる薬草の類(たぐい)だ。

ママンのことだから、グラーティアには危険なものを食べさせてはいないだろう。たぶん、そういったものは白に食べさせていたに違いない。

「ココロコス、ギルダン、ルルシカ、ポルヤーガ、メロン」

覚えている限り、回復薬に使われる薬草の名前をあげていく。

ちなみに、メロンはあの地球産のメロンではないので要注意だ。見た目はアーティチョークに似ており、鱗状に肉厚の葉っぱが重なっている。

グラーティアが反応したのは、そのメロンだった。

ココロコスやギルダンはレイティモ山にもたくさん生えていて入手が簡単だが、メロンは季節性ということもあって薬草の中では高級品なんだけど、それをいっぱい食べさせられたのかぁ。

「それで、メロンと同じ成分をグラーティアも出せるってこと？」

「ママのママはそう言ってたって」

「ママの役に立てなさいって」

うーん……グラーティアって確か毒に特化した個体じゃなかったっけ？　それなのに、回復成分を作れる……あっ！　生物濃縮か！

本来は毒を持たない生き物でも、毒を持つ生き物を食べることで体内に毒が蓄積され、毒の濃度がどんどん濃くなっていくってやつ。

それと似たようなことがグラーティアの体内で起きたのか！

「じゃあ、グラーティアは黒が出たらメロンの成分を打ち込んで」

これで魔石が使えなくなっても大丈夫そうだ。

パウルの方も警衛隊の人に説明を終えたようで、早速黒が出てきた人に魔法をかけていた。

うまくいきますように。女神様、いや、クレオ様、どうかお力をお貸しください！

11 己にできることはやるべし！

会場が混乱している中、私たちは目立たないようにしながら、倒れている人が多い場所へと移動した。

どうやら、体調が悪いと言って離席した者が治癒室に押しかけているらしく、治癒術師の到着に時間がかかると報告が入ったようだ。

元々、治癒室は文官しか使用せず、担当者が一人でまったりとしている場所なので、急にたくさんの患者が来て慌てふためいているのだろう。

警衛隊や軍人たちは、自分の部署に必ず治癒術師が配属されているので、訓練で怪我をしても彼らに治してもらうそうだ。

もちろん、治癒室の待機要員もいれば、皇族専門の治癒術師もいるし、研究職の治癒術師もいる。

宮殿は広いから、ここに来るまでに時間がかかるのはわかるけど、遅すぎやしないか？

「ダオ、出席者の中にちゆ魔法を使える人がいないか探して。少しでも時間をかせぐのよ！」

下級の治癒魔法だと、毒を消しきれないかもしれないけど、黒が解毒するまで命を繋いでくれれば。

特に、今は子供を先にしているせいで、いろいろと時間がかかっているのだ。

「わたくしの子に近づかないで‼」

チアノーゼに喘鳴といった症状が出ているので急がないと危ないのに、母親が警戒して子供を離そうとしない。

申し訳ないが、一瞬の隙をついてパウルが子供を奪う。

「やめて！　その魔物を誰か殺して‼」

「しっかりしなさい！」

母親の顔を強引に私に向かせる。

注意を私に引きつけている間に、黒に解毒してもらう作戦だ。

「あなたの子は死なないわ！　大丈夫よ！　絶対に助かるから」

「でも……でも……」

カチカチとグラーティアが牙を鳴らすのは、黒の解毒とグラーティアの回復薬注入が終わったという合図だ。

「さぁ、もう大丈夫。この子はがんばり屋さんね」

顔色は悪いが呼吸が安定した子供を母親に返すと、母親は泣きながら子供を強く抱きしめた。

そんなことを繰り返しているうちに、ようやく治癒術師たちが到着した。

軍部の制服を着ていることから、軍人さんのようだが。

「一気に治癒魔法をかけろ」

テキパキした動きは、人々に安心感を与える。

それにしても、半数以上がエルフの軍人さんっていうのも珍しい気がする。

軍部の見学に行ったときも見かけた人数は少なかったので、こんなにいるとは知らなかったよ。

指揮官の号令で治癒魔法がかけられるとき、ほとんどの人が一緒に祈りを捧げた。

苦しんでいる人たちが助かりますように。私も一緒になって女神様に祈る。

中級の治癒術師が数人がかりで魔法をかけたので、一回で毒の影響を消し去ることができたようだ。

意識がまだ戻らない人を担架に乗せたり、逆に目を覚ました人を介抱したりと、少しずつ人が減っていく。

「ダオルーグ殿下」

そんな中でダオに声をかけたのは、髪が緑のエルフと赤のエルフだった。

「陛下の命にて、事態の収拾並びに治療、そして捜査を我々軍部の捜査班が指揮を執らせていただきます。ご協力願えますか？」

「もちろんです。警衛隊の者からは毒が混入されたようだと聞きましたが？」

「毒で間違いないでしょう。しかし、何が使われたかはこれからお調べいたしますので、警衛隊の方にお話を伺ってもよろしいですか？」

ダオは側に控えていた隊長さんを紹介し、隊長さんが号令をかけると軍人さんたちを手伝っていた警衛隊の人たちが整列した。

「一班は警衛隊からの聞き取りを。二班、三班は当初の指示通りに動け」

赤のエルフさんが大きな声で言うと、軍人さんの一部が出席者を集めてどこかに連れていこうとする。

しかし、先ほどからエルフの軍人さんたちにすっごいチラ見されるんですけど！　なんか、孫でも見るような生温い目で‼

十中八九、私の周りにいるであろう精霊たちが原因だと思う。

明るくても精霊が光っているのはわかるらしいので、動くイルミネーション状態の私だ。精霊を見ることができるエルフたちからしたら、凄く目立つんだろうね。

「このような状況ですが、貴女様にお会いできて光栄です」

緑のエルフさん、物凄く身長が高い。アドも高かったけど、それ以上ある。森鬼と比べても、頭半分近く高いと思う。

つまり、首が折れるほど見上げなければならないってことだ！

「あぁ、これは失礼いたしました」

緑のエルフさんは私の状態を考慮してか、すぐに膝をつき、できる限り視線を合わせてくれた。

「被害に遭った方々を助けていただいたそうで。ありがとうございます」

緑のエルフさんと赤のエルフさんが頭を下げたことで、手隙（てすき）のエルフさんたちが同じように礼を取った。

それによって、まだ残っている人たちから注目を浴びてしまった。

「ネマ、僕からもお礼を言わせて。助けてくれてありがとう」

「目の前で苦しんでいる人がいて、自分にできることがあったから動いただけ。それに、ダオのこうゆう会をひさんなものにはしたくなかったから。ダオ、自分を責めないでね。悪いのは事をたくらんだ犯人なんだから」

繊細なダオだからこそ、自分を酷く責めてしまうと思った。

また、前のように自分を卑下してしまうんじゃないかって不安もある。

「必ずや、我々が犯人を捕まえますので、ご安心ください。我々を欺ける者はそうおりませんので」

緑のエルフさんは、相当自信があるようだ。

頼もしい限りではあるけど、その自信は経験からなのか？

「凄い自信だな」

私と同じことを思ったのか、隊長さんは嫌味たらしく緑のエルフさんに対して言ってしまった。

警備隊は軍部ではなく独立した組織なので、立場からしたら隊長さんの方が上なのかもしれないが、もう少しオブラートに包んで言えないものか。

「それはもちろん。何人も精霊様から隠れることはできませんので」

あぁ、なるほど！

思わず、手をポンッと叩いてしまうくらい納得できた。

どんなに隠れて悪事を働こうとも、それを見ている精霊が必ずいる。

エルフさんたちはそんな目撃精霊から話を聞いて、犯人を割り出す。エルフにしかできない捜査方法だな！

「さぁ、今日のところはお戻りください。気持ちが落ち着いた頃に、お伺いいたしますので」

あとは任せても大丈夫そうなので、お言葉に甘えることにしよう。

ダオも精神的に疲れているだろうし。

「ダオ、みな様にお任せしましょう。少し休まないと、顔色がよくないもの」

そう言えば、過保護な隊長さんが引っ張ってでも連れていってくれるだろう。

現に、隊長さんは私の言葉に反応して、心配そうにソワソワしているのが、またなんともわかりやすい。

「彼らは精霊と仲良しなエルフさんだから任せて大丈夫。それに、ダオのことは隊長さんたちが守ってくれるし、宮殿にはユーシェとサチェ、カイディーテもいるから悪い人はダオに近づけないよ」

今回、聖獣たちが反応しなかったのは、狙いが皇族じゃなかったからだと思う。

契約者と契約者が守って欲しいと思っている人以外、ひとかけらも興味を持たないのが聖獣だし。

「……うん」

「ダオが自分を許せないと言うなら、私たちに何ができるかをいっしょに考えよう。そのためには、まず休むこと！　疲れたままでは頭も働かないからね」

「私たち？」

「そうよ。私とマーリエもいっしょよ。友だちでしょう？」

残念ながら、母親に連れていかれたのでマーリエは側にいないが、大好きなダオのためなら彼女も協力してくれるだろう。

「二人は関係ないのに……」

「そんな悲しいこと言わないで。ダオだっていっぱい私を助けてくれたじゃない」

ダオは自覚ないのかもしれないけど、主に遊びの面で、ダオがいたからできたことも多いのだ。

それなのに、ダオは首を横に振り否定する。ついにはポロポロと泣き出してしまった。

私が泣かせたことになるのか⁉　マーリエに知られたらめちゃくちゃ怒られる！

あわあわしていたら、ダオが私の指先をキュッと握った。

「明日も会える？」

はわぁぁぁ可愛過ぎるこの生き物は何⁉　キュン死にさせる気か‼　でも可愛いから許す‼

「うん。今日はいっぱい寝て、明日、作戦かいぎしよう！」

約束したことで少しは安心したのか、ダオは隊長さんに促されるがまま会場をあとにした。

「ネマお嬢様も戻りましょう」

私もパウルに促され、エルフさんたちに挨拶をしてから戻ることにした。

途中、ルネリュースたちを見かけたので、軽く手を振ったのだがお辞儀で返されてちょっと悲しい。友達への道が遠のいてしまったのか……。

部屋に戻ってお着替えして、スピカが淹れてくれたお茶を飲んで、ようやく一息つけた気がする。

「黒、グラーティア、ありがとう。おかげでみんなを助けることができたわ」

二匹にお礼を言うと、嬉しそうに飛び跳ねる。

それを見て、なぜか白も一緒に飛び跳ね始めた。久しぶりに黒に会えて喜んでいるようだ。

「少しお昼寝された方がいいかもしれませんね。お嬢様も顔色がよろしくありませんよ」

怒濤の時間だったので、私も精神的な疲れが溜まっているのかも。

パウルがお昼寝していいと言ってくれているので、一眠りすることにしよう。寝られると思ったら、段々眠くなってきた。

「黒、あとでいっしょに遊ぶから、先に白たちと遊んでて」

ちょっとお昼寝のつもりだったのに、起きたら朝だった。

驚いたけど、それより凄くお腹が空いていてしょうがない。

「ネマ！　気分はどうかしら？」

起きてもベッドの上でぼへぇーっとしていたら、お姉ちゃんが起きたことに気づいて来てくれた。

「お腹すいたー」

「ふふっ。食欲があるなら大丈夫ね。今、スピカたちが用意してくれているから、お着替えしましょう」

お姉ちゃんに着替えを手伝ってもらって、リビング的な部屋に行くといい匂いが漂ってきた。

だけど、いるのは森鬼だけで、みんなの姿がない。

「みんなはどうしたの？」

海は私よりお寝坊さんだから起きていないのだろうが、星伍や陸星、稲穂の姿もないとなると不安がよぎる。

「……パウルにお仕置きされている」

「白と黒も？」

「そいつらが原因だ」

メロン成分で大活躍したグラーティアは、疲れて私と一緒にお昼寝していたので、お仕置きには巻き込まれなかったようだ。

黒は解毒と称して胃の内容物とかを食べていて、元気があり余っていた可能性があるな。

あの子たちが何をやらかしたのか聞くべきか、それとも黙ってスルーすべきか。

悩んでいると外からノックスが戻ってきた。ノックスはお仕置き組ではなく、単に空の散歩に行っていただけらしい。

「おかえり、ノックス。何をくわえているの？」

飛ばずに、トットットッと床を軽く跳ねて近づいてきたノックス。

嘴（くちばし）に咥えていたものを、私の足下にそっと置いた。

それは一輪の花だった。お庭か庭園に咲いていたのか、ピンク色のスミレに似た小さな花。

「私にくれるの？」

「ピィッ！」

「お見舞いの花ね。ノックスもネマの側を離れたがらなかったのよ」

いつもは寝床となる巣箱で寝るのに、ベッドのヘッドボードのところにずっといたと教えてくれた。

「ノックス、ありがとう！　大切にするね」

枯れないよう、お姉ちゃんに保存の魔法をかけてもらった。

このまま一輪挿しで楽しんでもいいし、押し花にしても可愛いかも。ノックスからの贈り物だから、永久保存できるようにしないと！

ノックスを抱えて、背中をゆっくりと撫でる。お散歩ついでに水浴びをしてきたのか、少しだけ水滴が残っていた。

「ノックス、まだ水がついてるよ」

するとノックスは器用に、抱かれたままの状態で全身を震わせ、水を飛ばしきろうとする。

ぶわっと膨れたお腹周りの毛を楽しめる機会はそうない。そのまま毛繕いを始めるノックスを抱えたまま、朝ご飯の方へ移動した。

「ノックスもいっしょに食べる？」

「なりません。食事の際は距離を置かせるとお約束してくださいましたよね？」

ちっ。もう帰ってきたか。

パウルがいないうちにと思ったのに！

ノックスを奪われ、浄化の魔法もかけられ、椅子へとエスコートされる。

ノックスはパウルの腕の中が居心地悪いのか、なんとか抜けだそうとしているように見える。

「飛ぶな。今飛ぶとほこりが舞う」

すると、ピタリと動くのをやめるノックス。そうか、お前もパウルが怖いんだな。わかるよ。

パウルは鬼執事だからね。

飼い主は私だが、その飼い主がパウルに逆らえないので、力関係はパウルが一番上と言える。

なので、ノックスを助けてあげることができないのだ。

あと、パウルの機嫌もよろしくないようなので、お仕置きについても聞くのをやめた。

絶対、私にまでとばっちりが来る！

「ネマお嬢様、本日は陛下が昨日のお話を伺いたいとのことですので、朝議に出席するよう仰せつかりました。それと、軍部の方からはダオルーグ殿下とご一緒のときにお伺いしたいと言付かっております」

えっ⁉　今、朝議って言った？

そんな重要な場所に、私が行っていいの？

驚いていると、パウルは正式な要請ですので断れませんよと釘を刺してくる。

いや、別に行きたくないわけじゃなくて、他国の人間をそういう政策とか決める場所に呼んでいいのかってことなんだけど。

まぁ、すべて終えてからなら問題ないとかかな？

というわけで、再びお着替えさせられて、侍従の案内で連れていかれた先は待機部屋だった。

まぁ、そうなるわな。一通り朝議が終わるまで待っててねーってことだ。

「あれ？　ヴィも呼ばれているの？」

待機部屋に入れば、自室のごとく寛(くつろ)いでいるヴィとラース君がいた。

「あぁ、昨日は大変だったそうだな。その件で俺も呼び出された」

「なんで？」

その場にいなかったヴィが呼び出される理由がわからない。

「我が国の重要人物を預かってもらっている立場ではあるが、今回は皇族が招待した会で事が起きている。つまり、帝国側の落ち度だ。我が国に対して釈明するのは当然のことだろう」

政治的なことなのね。

だから、保護者のお姉ちゃんではなく、王太子であるヴィが呼ばれたってことか。

「お前は何も恥ずべきことはしていない。堂々としていろ」

ヴィがそんなことを言うってことは、私の行動が問題になっているってことだ。

やっぱり黒を使っての解毒はまずかったか。

魔物を使役(しえき)できることは、まだ知られていない。条件が条件なだけに、これからも知られることはないかもしれない。

でも、誤魔化すこともできそうにないしなぁ。

「がんばります！」

何を言われるのかわからないけど、ラース君が側にいてくれるから大丈夫！

朝議の場に出向く前に、ラース君のもふもふで元気を充電する。

「お待たせしました」

朝議が行われている会議場に通されると、奥の方の、陛下の側に近い席に座らされた。

「ネフェルティマ嬢、まずは多くの者の命を助けてくれたこと、深く感謝する」

陛下は頭こそ下げなかったが、その代わりに臣下の皆さんが頭を下げてくれた。

「当たり前のことをしただけですが、みな様のしゃい、うれしく思います」

ここでお礼はいらないよと言っても失礼にあたるので、ありがたく受け取ることにする。

「今、調査を行っているが、ネフェルティマ嬢が知っていることを話してもらいたい」

「会場で知り合った子たちとおしゃべりをしていたら、いっぱい人がたおれ始めて、パウルが毒だと言ったので……」

黒を使って解毒したことを口にしていいのかわからなかったので言いよどんでいると、陛下が言葉を繋いでくれた。

「解毒能力を持つスライムを使って、解毒してくれたんだね」

言ってもよかったのかな？

驚いている臣下の方もいるよ？

「知っている者もいると思うが、聖獣の契約者であれば魔物を従えることができる」

「それで、たおれている人の中に入るよう、黒にお願いしました。それから、毒が消えても体力が心配だったので、グラーティアにメロンの成分を……」

「ちょっと待ってくれ。グラーティアとは確か、フローズンスパイダーの子だったか？　毒を持っているのに、なぜメロンの成分を有している？」

陛下が不思議に思うのも無理はない。私も知らなかったしね。

「えーっと、おかあ様が毒ではなく薬草を与えたらどうなるのかを研究した結果といいますか……」

「それはつまり、セルリア・オスフェ夫人が実験をしたら、メロンの成分をグラーティアが作れるようになったということか？」

「作るというか、たくわえてる？」

魔物が新たな能力を得るには進化をしなくてはならないと考えられていて、グラーティアのように人の手で与えられることに驚いたそうだ。

「それで、そのスライムは毒の種類がわかったりするかな？」

会場で用意された食べ物や飲み物を調べているが、まだ毒が検出されていないらしい。

回復した人から、何を口にしたのかを聞き取りしているにもかかわらずだ。

あ、黒から毒の種類を聞くのを忘れた。

そう陛下に告げようとしたら、パウルがこっそり耳打ちしてきた。

「わたくしから説明いたしますので、発言の許可をいただいてください」

私がぐっすり眠っている間に、パウルがいろいろと調べてくれたのだろう。

パウルの情報網はほんとどうなっているのか。でも、聞いたらヤバそう。いや、聞いても教えてくれないと思うけど。

陛下にパウルが説明しますと言って、とりあえず全部ぶん投げておく。

パウルの説明によると、黒が体内で解毒し、分析した毒の成分はタナトユとロノアンという植物だそう。

タナトユは小さな黄色の実をつける低木で、比較的暖かい地域の山に生息している。ロノアンは私も知っているが、嫌いな野菜の一つだ。一見、水の膜に覆われているように見えるのだが、ぶよぶよした物質で体を保護しているというちょっと変わった植物なんだよ。ゼラチン質的な何かなのかもしれないが、そのぶよぶよした物質を噛むと、うにゅってなるのが嫌。触る分は平気だが、食感となると……。

パン粉が水吸ったような、失敗したパン粥のような、前世では経験したことのない食感だったからなおさら苦手だと感じるのかも。

水で洗っても、湯がいても落ちないから、避けて食べるのが本当に大変で。

あ、あと、フォークで刺そうとすると、トゥルンと逃げるのもイラつく。

「それらに毒性があるとは初めて聞いたが?」

「単体でしたら問題はありません。『家畜殺し』という言葉をご存じでしょうか?」

放牧する家畜に、まれに起こる症状だと言う。

単体ならなんの問題もない植物でも、二つ、三つを合わせると毒ができる。家畜はそれを知らずに口にして、胃の中で毒となり、死に至ると。

そういった食べ合わせの悪い植物を農家の方々は『家畜殺し』と呼んでいるそうだ。

混ぜるな危険と似た、化学反応のようなことが起き、毒が発生するのだろう。

これらは一般的に知られておらず、農家の方か暗殺を生業にする者か、はたまた国家に属する一部の部署、ガシェ王国でいうところの情報部隊のような仕事をしている者に限られると。

「なんで知られていないの？」

「手間がかかるのと、即死しないからです」

即死しなければ、薬や治癒魔法で治すことができるから、王侯貴族は警戒しないってことか。

逆に言えば、薬もない、治癒術師もいない状況なら殺せるってことだよね？

「なので、今回は暗殺が目的ではないでしょう。しかし、ダオルーグ殿下の警衛隊の治癒術師が会場にいなかったことが気にかかります」

会場に治癒術師がいなくても宮殿には治癒術師がいて、結局倒れた人はみんな助かっている。

「他に気づいたことはないか？」

「会場で数名、明らかに動きがぎこちない者がおりました。他の部署からの応援要員かもしれませんが、宮殿で働く者としては技術が足りていないように見えました」

「お前にはもったいない人材だな」

今まで口を挟まずに黙っていたヴィが、わざわざ耳打ちで言ってきた内容がコレだ。

確かに、パウルはオスフェ家の使用人の中でもずば抜けていると思う。子守りさせるのはもったいないと思われても仕方がない。

「絶対あげないよ」

パウルは痒いところに手が届く、なくてはならない存在だ。

ヴィが欲しがっても絶対に渡さない！

「ヴィルヘルト、お前はこれがルノハークの仕業だと思うかい？」

「最初は違うと感じたのですが、パウルの話を聞いてなんとも言えなくなりました。ルノハークがいまだに創聖教と繋がりを持っていれば、宮殿に入り込むのも不可能ではないでしょう」

「やはり、ルノハークではないという確証が出てこない限り、守りを固めるしかないか……」

おっと、嫌な予感がするぞ。

「そうですね。ネマを外に出すのは危険でしょう」

ヴィめっ！　私をエルフの森へ行かせないつもりだな！

しかーし、私には精霊さんという凄い味方がついているから、すぐに事件も解決だ！

エルフの森に行く日までに犯人を捕まえてしまえば、ひとまず安心なはず。お姉ちゃんとお出かけできる機会をなくしたくはないしね。

でも、ルノハークだった場合は私が動くと危険が増す……。

チラリと隣にいるヴィを見やる。

どうせ反対されるなら、巻き込むのも手だな。

「ヴィ、まだ帰らないでね」

「急にどうした？」

ルノハークが話題に出て怖がっているとでも思ったのか、ヴィに頭をポンポンと軽く叩かれた。

ふへへへっ。帰ったら作戦会議だー！

閑話　パウルを怒らせるな！　視点：森魁

その日は俺を連れていけないという主（あるじ）の言葉で、俺は自由となった。

俺と同じ理由でスピカも連れていけないらしく、落ち込むだろうと思っていたら、笑顔で送り出していて驚いた。

「イナホ、お姉ちゃんと遊ぼう！」

あぁ、そういうことか。

主はスピカにイナホの世話をしろと申しつけたのか。

主が連れていったのは、完全に隠れることのできるグラーティアに、ハウンド種として誤魔化しの利くセーゴとリクセー、そして人型になれるカイだ。

パウルがいるとはいえ、少し不安が残る構成だな。

『スピカ、僕も！　僕も！』

「もちろん、ハクも一緒よ」

『お外行きたい！』

スピカはコボルト以外の言葉はわからないはずなのに、ハクやイナホと意思疎通ができているのは獣人の勘ってやつか？

「スピカ、俺は外に行ってくる」

「ピィー」

ノックスの言っていることはわからないが、俺の肩に乗ったということは、一緒に外に出たいのだろう。

「ノックスもついてくるそうだ」

「はーい。シンキお兄ちゃん、ノックス、いってらっしゃい」

スピカはパウルがいないと昔のような言動に戻る。さすがにもう、上から降ってくることはないが。

「じゃあ、ノックス行くか」

自由な時間ができたときは、軍部の訓練場で体を動かすことにしている。

軍部の建物に入ると、顔見知りの奴らが声をかけてくれた。

「あ、ノックスちゃんおいでおいで」

鶏(けい)族のおばさんが目敏(めざと)くノックスを見つけて手招きをしている。

その周りには、種族はわからないが鳥の獣人が集まっていて、しかも女ばかりだ。

あの集団には逆らうなと教えられているので、ノックスに行ってこいと促す。

「ノックスは人気者だな。シンキ、バルグたちなら訓練場にいるぞ」

話しかけてきた男は、すでに訓練を終えたのか土埃(つちぼこり)で汚れていた。

「帰るときに迎えにくるから、ノックスを頼む」

「あの集団に可愛がられている存在に害をなそうという強者はここにはいねぇよ」

そう笑う男に対して、陸狼族の女がくさいから早く水浴びに行けと追い出した。

鳥の獣人たちを見て、主もおつぼね様には逆らうなと言っていたし、ここの獣人の女はみんな強いのだろう。今度、手合わせを願ってみるか。

「よぉ、シンキ。今日はお嬢と一緒じゃないのか」

蜥族のバルグが豪快に同僚を吹き飛ばして、こちらに気がついた。

相変わらず、馬鹿みたいに強い奴だ。

「今日は交遊会とかいうやつに行っている」

「あぁ、ダオルーグ殿下のやつか。ああいったものには獣人を近寄らせないからな」

俺が暇している理由をバルグは知っていたか。

やるだろうと誘われて訓練場に足を踏み入れたとたん、バルグの尻尾が襲ってくる。

一歩下がってそれを躱し、脛を目がけて蹴りを入れる。蹴りは当たったが、バルグは痛がる素振りも見せず、真上からその太い腕を振り下ろした。

地面に転がり、攻撃から逃げてもその先に尻尾があり、案の定吹き飛ばされた。

蜥族はそのしなやかな筋肉から、攻撃速度が異様に速い。本当に厄介だ。

バルグに吹き飛ばされまくったあとは、蛇族の奴に締め上げられ、熊族と力比べして、翩族に振り回された。

誘われるがままに戦っていると、突然大きな音が響き渡った。

「おい、シンキ。お前は早く戻れ。宮殿内で何か起きたようだ」

「どういうことだ？」

「あの音は、捜査班と治癒班の緊急招集の音だ。お嬢も巻き込まれているかもしれねぇぞ」

ナノたちが騒いでいないので主が無事なのは知っているが、軍部の様子が慌ただしくなってきているので、部外者はいないない方がいいのだろう。俺は言われた通りに部屋へ戻ることにした。ノックスの回収も忘れてはいない。

「ノックス、菓子屑（くず）つけていると、パウルに怒られるぞ」

パウルは主だけでなく、主に仕える魔物たちの食事も管理している。さすがに、俺やカイにうるさく言うことはないが、ノックスやイナホといった毛を持っている奴には本当に細かい。

主が毛を触るのが好きだからと、艶やかな毛並みを維持するのに栄養が大事とかで、つまみ食いは見つかったらお仕置きされる。

「ピィィィ……」

嘴（くちばし）と胸辺りについていた菓子屑を払ってやりながら歩いていると、廊下の隅でうずくまっているカイを発見した。

「あ、シンキ……」

「どうした？」

「欲、凄く不味かった……。気持ち悪い……」

変なものを食べて、腹を壊したのか。

魔物だから腐っているものを食べても死にやしないが、置いていくとパウルに怒られそうなので回収する。

「それは嫌。背中がいい」

小脇に抱えようと思ったら、カイが不満を漏らす。

今は本当に調子が悪いようだから言うことを聞いてやるが、今回だけだぞ。

カイを背中に背負うと、ノックスが肩に止まれなくなるのでどうするのかと思ったら、俺の頭に移動してきた。

まるで巣で休んでいるときのように、もぞもぞと動いて位置を調整している。

「カイの頭にしてくれ」

そう伝えてもノックスは動こうとしなかった。ピッと短く鳴いた声が、嫌と言っているように聞こえた。

ノックスは賢い鳥だ、カイの頭が嫌な理由があるのだろう。主がカイの髪をサラサラだと褒めていたので、ノックスにとっては滑りやすいとかそんな理由が。

カイが揺れると気持ち悪いと言ってきたので、慎重に歩き、いつもよりも時間をかけて部屋に戻った。

すぐに寝台がある部屋に行き、カイを寝かせる。

「主、大丈夫?」

「パウルが側にいるんだ、心配ない」

そうは言ったが、やはり多少の心配はあるので、カイを寝かしつけてから主の顔を見にいくことにした。

すでに戻ってきているようだが、その姿はなく、パウルに問いかける。

「ネマお嬢様なら疲れきって眠っている」

換気のためか、露台に続く窓を開け放ちながら教えてくれた。

「シンキ、お腹空いていないか？　軽くつまめるものを作るが？」

朝に食べたきりなので腹は空いている。俺は迷うことなく、食うと答えた。

パウルが備え付けの調理場へ姿を消すと、俺の足下に黒いものが転がってきた。

『シンキだ！』

「少し見ないうちに大きくなったか？」

『今日は！　いっぱいご飯もらったからなのだー！』

ただの食べ過ぎで丸くなっているだけか。

他のスライムに比べると、寄生しているコクは小ぶりに感じる。寄生型のスライムは魔法を食べる機会が少ないので、成長速度に差が出るのだろうか？

『シンキも遊ぼう！』

今度はハクがコロコロと転がってきて一緒に遊ぼうと誘うが、俺はお前たちみたいには転がれないぞ？

「俺は疲れているからいい。セーゴやリクセーを誘ったらどうだ？」

『ふたりはおひるねしてるのだー』

あの二匹は主を守るために、いろいろと気を張っていたのかもしれない。

普段は宮殿を散策して、隠し通路を見つけたり、怪しい奴がいないかなど動き回ってはいても、側で警護するのはまた別の苦労があるからな。

「そういえば、スピカとイナホはどうした？」

俺が出る前に、ハクは二人と遊んでいたはずだ。

そもそも、イナホは見つかると騒ぎになるから、この部屋を出ることを禁止されている。

『スピカがかばんに入れてどっか行っちゃった』

それがパウルの指示であれば問題ないが、そうでないなら……。

スピカも、主たちがこんなに早く戻ってくるとは思っていなかったとしても、イナホを部屋から出したのはまずいだろ。

『コク、あっちまで競争しよー』

『シンキ、合図出すのだー』

二匹が並んだのを確認してから始めと合図を出せば、二匹はコロコロ転がりながら部屋を駆け回る。

これくらいならパウルには怒られないだろうと、放置することにした。

「シンキ、こっちに来い」

食事をする机にはパラスと果実水が用意されている。

それを食べながら、話を聞けと言うので、遠慮なく食べる。

「ダオルーグ殿下の交遊会で起きたことを説明する」

すべてを聞き終わる頃にはパラスを食べきってしまった。パウルの作る飯は美味い。

まぁ、主が標的ではなさそうではあるが、ルノハークだったとしたらとっとと抹殺するべきだな。

「で、殺るのか？」

『僕の勝ちー！』

『いいや、ぼくなのだ！　ぼくの方が速かったのだー！』

言い争う声が聞こえ、パウルがハクとコクの名を呼ぶが、二匹は聞こえていないのかどんどん鳴き声が大きくなっていく。

パウルは静かに席を立ち、気配を消して二匹に近づくと、一瞬で捕らえた。

「ネマお嬢様が眠っているので静かにしなさい。できないというなら、わかっていますね」

あの二匹は痛みを感じていないだろうが、パウルの手によってグシャッと潰された。

それをポイッと捨て、こちらに戻ってきて話を続ける。

「殺りたいのはやまやまだが、帝国人だったらまずい。今、目をつけた一人を追跡しているから、情報を待て」

『怒られちゃった……』

『ハクが悪いのだー』

『コクがさわいだからだよ！』

パウルは再び席を立つと調理場の方へ行き、箱のようなものを持ってきた。

問答無用で二匹をその箱の中に詰め込み、蓋を閉め、目にも留まらぬ速さで振り始めた。

おそらく、攪拌（かくはん）の魔法のように混ぜ合わせる用の箱なのだろうが、混ぜたところでスライムに痛手を負わすことはできないはずだが……。

満足いくまで振り、箱を床に放置するとパウルは少しすっきりした顔で座る。

「あれ、大丈夫なのか？」

「大丈夫だ。中で目を回しているだけだ」

目を覚ませば自力で箱から出てくるという。

それを知っているということは、すでに何回もこの仕置きが実行されているということだ。

スライムを閉じ込めておくのは不可能なので、こういう手段になったのか。

「私は他の部下たちに指示を出してくるから、シンキはこの部屋から出るなよ」

わかったと答えて扉までパウルを見送ると、最後にボソッと付け足した。

「あいつらがうるさくしたら、報告してくれ。締め上げる」

俺で抑えられるかはわからないが、主が起きてしまったら確実に殺されるな。

しばらくはハクたちも出てこなかったので、のんびりと本を読んで時間を潰していたが、セーゴとリクセーが起きてきた。

「あるじ様は？」

「寝ているから起こすなよ」

「わかったー！」

わかったと言いながら、興味津々に床に置いてある箱を鼻でつついている。

『苦しいのだー！』

「ぎゃっ！　なんか出てきた！」

『セーゴとリクセーだ！　遊ぼ！』

もうすでに賑やかになっているが、これくらいならまだ問題ないと思う。

コロコロと転がるスライム二匹をコボルト二匹が追いかける。追いついたセーゴがコクに噛みつき、左右にブンブン振り回す。

「あっ……」

勢いがよすぎたのか、セーゴの口からコクが吹き飛び、ベシャッと壁にぶつかる音がした。

ハクが同じことをリクセーにねだり、ブンブンベシャッという音が何度も続く。

「ハク、ただいま戻ったよー！」

そこにスピカが帰ってきた。パウルがいない隙を狙うとは、なかなか鼻が利くな。

シンキお兄ちゃんお帰りなさいと言ってくるスピカに、主が寝ていることを伝えると、面白いくらいに固まった。

「あ……パウルさんは……」

「パウルはすぐに出ていったぞ」

この場にパウルがいないことを確かめて、ようやく息を吐く。

怒らせると怖いとわかっていて、なぜ怒られる行動を取るのか。

スピカがお茶を淹れて、ちびどものおやつを用意する。食べている間は大人しいので、パウルの伝言を伝えた。

「そうだ、カイが寝ているから、水を届けてやって欲しい」

「はーい」

スピカが俺たちの寝室へ向かうと、おやつを食べ終わったちびどもはまた走り回り始める。

「ピィー！」

ノックスが主の寝室の扉と俺を行ったり来たりして、何かを伝えようとしてくる。

言葉はわからなくとも、これは理解した。

「主を起こさないことが条件だ」

「ピィッ！」

ノックスであれば大丈夫だろうと寝室の扉を開けると、羽ばたきすら抑えて滑空（かっくう）で寝台の側に止まった。

こちら側のセーゴたちが駆け回る音が聞こえてしまったのか、主は何かうにゃうにゃ言いながら寝返りをうったので、慌てて扉を閉めた。……危なかった。

「リクセー、くわえた？　いくよ？」

「ううよー」

セーゴとリクセーは二匹でハクを咥え、ゆっくりとセーゴが後退し、ハクを伸ばしていく。

似たようなことを主がやっていたな。

バチーンと激しい音とともにリクセーの顔にハクが張りついて、リクセーは痛かったのかきゅーきゅー鳴いている。

『ハクはここなのだー』

ハクが伸びた目印として、コクは角砂糖を一つ置いた。

ハクがリクセーから離れると今度はぼくなのだーと言いながら、コクが二匹に咥えられ待つ。

そして、先ほどと同じような光景が再現され、今度はセーゴの顔にコクが張りついた。

『コクはここねー。僕の勝ちだー！』

『ハクの方が大きいから、差し引いてぼくの方がすごいのだー』

こいつら、ずっと競い合うつもりか？

まぁ、走り回るわけではないので好きにさせようと、俺はまた本を読み始めた。

これから同族による殺し合いが始まる場面で、物凄い音がした。

何事かと本を置いて周囲を見回せば、コクがお茶の器の中にいて、お茶は机に飛び散り、なんかいろいろなものが壊れている。

これは……どうしたものかと悩んでいるときに限って、部屋の扉が開く音がする。

音がした扉の方を見れば、殺気を放つパウルが。

「全員、お仕置きです」

あっという間に捕獲されるスライム二匹とコボルト二匹。

どうするのか見守っていると、狩った獲物を縛るように四肢を拘束され床に転がされるセーゴとリクセー。必死に謝っているが、パウルは見事なまでに無視をする。

スライム二匹は見たことのない箱に入れられた。

「箱だと出てこれるんじゃなかったのか？」

「これはスライム捕獲用の箱だから、出てこられないさ。レイティモ山のスライムで実証済みだ」

パウル曰く、絶対に漏れない容器が欲しいと、何かのおりに主に話したことがあったと。それで、主がいくつか案を出し、その中のひとつがこの箱らしい。

蓋の縁に柔らかい素材を置くことで、蓋が強い力で押さえられると隙間がなくなる。その蓋を押さえる金具は外につけられていて、箱の素材はハクが消化に一番時間がかかったサンテートを用いているそうだ。

主は、パウルがハクたちの仕置きのための容器を欲しがっていたとは知らずに、こんなものを教えたのだろう。

さらに、イナホを捕まえ檻の中に入れ、スピカを捕まえて懲罰用の鍛錬が課せられた。

やはり、パウルに黙って外に行っていたのか。

拘束されたちびどもはカイが寝ている部屋に放り込まれた。

「寝るときにうるさいかもしれないが、それがお前のお仕置きだと思え」

ちびどもがきゅーきゅー鳴く中で寝ろと？

それよりも、何も悪さをしていないカイの方が可哀想だ。

俺が考えていることがわかったのか、カイには音を聞こえないようにする魔道具を使うと言ってきた。

そういうところは優しいんだな。

まぁ、いい。うるさくて寝られなかったら、昼寝すればいいだけのことだ。

おまけ

　軍の諜報部捜査班が、陛下の命にて宮殿の詰所に招集された。

　詰所といっても、宮殿の広大な敷地の警備を担う機関でもあるので、建物自体は大きい。

「陛下に呼ばれたので、愛し子にお会いできると思ったのですが……」

　風の精霊と親和性の高いエルフ、ジュダの一族である捜査班指揮官のレイリウス・ジュダ・エグラルゼンはがっかりした様子を隠そうともしなかった。

「なんのために集められたのかはわからないが、可能性はなきにしもあらずだ」

　そうレイリウスを慰めるのは、彼の補佐官であり、火の精霊と親和性の高いエルフ、ジュゼの一族であるカルンステ・ジュゼ・セイルスターンだ。

　エルフの軍人は大半の者がこの捜査班に配属される。それは、エルフという種族の性質によるものが大きい。

　彼らは精霊を見ることができ、精霊の声を聞くことができ、そして精霊術を扱うことができる。

　しかし、精霊を信奉（しんぽう）するあまり、他者へ攻撃することに精霊術を使うことを善しとしない。なので、戦いを生業としない部署に集めようということになり、今に至る。

　昔は諜報部の雑用係みたいな扱いだったが、あるとき軍内部で起きた暴力事件を精霊術を使って解決したことをきっかけに、捜査班として編成されたのだ。

精霊はどこにでもいるので、犯行現場を目撃していることが多い。そんな精霊たちから話を聞けるのはエルフしかいないというわけだ。

そしてエルフは、精霊の証言を歪めることはしない。

エルフは生まれてしゃべれるようになると、必ず『名に誓う』のだ。精霊を従えず、精霊を裏切らず、精霊を貶めず、生涯の友であると。

精霊様が仰ったとエルフが言えば、それが疑いようのない証拠となる。

そんな精霊を信奉してやまないエルフたちにとって、精霊が溺愛する愛し子は地球で言うアイドルのようなもの。

一目でもいいからこの目で見たいと願うエルフは多い。レイリウスもそのうちの一人。

可能性はまだあると言われて、レイリウスはずっとソワソワしていた。

そして、そのときは来た。

精霊を通じて陛下より命が下った。

大庭園にて緊急事態発生。捜査班と治癒班は直ちに事態の収拾に努めよ。

「大庭園って、今日はダオルーグ殿下の交遊会が開かれていなかったか？」

「急ごう」

レイリウスは部下たちを引き連れて、大庭園へと向かった。

そこには、苦しみ倒れるたくさんの人の姿が。

「治癒班、術の用意を！　倒れている人たちを一ヶ所に集めろ」

レイリウスの指示で、いっせいに散らばる部下たち。

日頃の訓練の賜物か彼らの動きに迷いはなく、すぐに治癒を必要としている者たちが集められる。

「一気に治癒魔法をかけろ」

治癒魔法の発動を確認し、レイリウスはこの場の責任者でもあるダオルーグの姿を探す。

しかし、彼の視線は光り輝く一角を見つけてしまった。

レイリウスにつられてカルンステも、そこから視線を外せなくなる。

「レイリウス、陛下の命を忘れるなよ」

「あ、あぁ……」

気を取り直して、二人はダオルーグに声をかける。任務に必要なやり取りをしている間も、微笑ましい光景が視界に入るため集中できないでいた。

カルンステにせっつかれて、レイリウスは部下たちに指示を飛ばした。

そして、自分の仕事は終わったとばかりに、ネフェルティマに微笑み、声をかけにいった。

『愛し子は言っちゃだめー』

『みんなには内緒なのー』

精霊たちがそう言うので、レイリウスはぼやかして言うしかない。

そう、陛下から言われていたのは、ネフェルティマのことを愛し子と決して呼ぶなということだった。

『ちょっとそこのジュダ！　愛し子が首を痛めたらどうしてくれるの！　とっとと這いつくばりなさいよ』

火の中位精霊がネフェルティマを守るように、というか誰にも見せたくないといった様子で覆いかぶさっているが、それはエルフたちにしかわからない。

小さな下位精霊もたくさん集まっていて、宝物を大人から隠す子供のような精霊たちの姿に心が和んだエルフたちは皆、まなじりを下げている。

エルフたちが柔らかい表情をすること自体稀なので、うっかりその姿を見てしまったご夫人方が頬を赤らめ、そこかしこからその美しさを称賛する声が上がる。

火の中位精霊に愛し子の首が疲れるだろうと注意され、レイリウスはしまったと、慌てて膝を折った。

己がエルフの中でも背が高いことはわかっていたが、子供と接したことがなかったので、どう見られるのかを認識していなかったのだ。

だが、認識していたら、レイリウスは四つん這いの状態でネフェルティマに近づきかねないので、これでよかったのだろう。

『まぁ、ジュビを近づけなかったことは褒めてあげる』

火の精霊なだけあって、水の精霊と親和性の高いジュビ族のエルフとは多少相性が悪いらしい。

エルフにとっては皆同じ精霊様なので何を言われても気にしないが、精霊の機嫌を損ねることはしたくないと、反する属性の精霊には自発的に近づかないようにしている。

レイリウスは表面上はきっちりと指揮官として対応していたが、内心では精霊が一生懸命愛し子を守ろうとしている姿にメロメロだった。

『もう話は終わった？　愛し子を休ませたいんだけど』

人など関係ないが、愛し子に迷惑をかけたいわけじゃないので、律儀にレイリウスたちに伺いを立てる火の精霊。

ネフェルティマは精霊によって姿を隠されているので、疲れているのかわからないのだが、その隣にいるダオルーグは明らかに顔色が悪かった。

レイリウスはまたも自分の失態に心の中で慌てつつも、しれっと約束は取りつけた。

ダオルーグとネフェルティマが会場から去ると、レイリウスは崩れ落ちる。

「精霊様が一生懸命お守りしようとしているお姿が……」

「凄く可愛かったですね、精霊様たち」

人が減った会場だったが、精霊の可愛さに天を仰ぐエルフが多く見受けられた。

ネフェルティマへの聞き取りを誰がやるのかでもめにもめ、レイリウスとカルンステがその地位を利用してもぎ取ったのは言うまでもない。

閑話　とある神官が目覚めた日。

神官の朝は早い。

日の出とともに起き、身を清め、女神クレシオールの像に祈りを捧げて、朝食を取る。それから、神官としての活動が始まる。

信仰する人々の悩みや苦しみを聞き、教典の教えを説く。

ここ、宗教都市ファーシアは、ガシェ王国とミルマ国の境にあり、独立自治領として公式に認められている。大陸中の国々から毎日たくさんの巡礼者がやってくるおかげで、ミルマ国の首都並みに発展した大きな街だ。

私は己の受け持ちが終わり、講壇を降りると、言葉に耳を傾けてくれた人たちに取り囲まれた。

個々にお礼を述べたり、言葉を交わしていると、一人の男性が私の名前を呼んだ。

「ティインガル主祭、こちらを」

男性が手を差し出してきたので、私は手のひらでそれを受け取った。

なんの変哲もない銅貨のように見えるが。

男性はそれだけで礼拝堂から出ていってしまった。

男性からの寄付とも考えられるが、それなら私に手渡すのでなく寄付所に供えればいい。なぜ、わざわざ私に渡したのかがとても気になった。

本人に真意を聞ければいいのだが、なんの特徴もない信者をこの街で探すのは無理だろう。

少なくない書類仕事を終え、夕食を取り自室に戻ると、ようやく自由な時間となる。手紙をしたためたり、読書をしたり、またちょっとした娯楽を楽しむ。

神官服を脱ぎ、落ちついたところで銅貨を手にした。

普通の銅貨のはずなのに、なぜか気になるのだ。

表を見、裏を見て、違和感の正体がわかった。

本来なら刻まれていないある人物の似姿。つまり、偽硬貨というわけだが……。

その人物を見て、私は涙した。

ストルヴィ・ラス・ガシェ国王陛下——私の敬愛するお方だ。

今まで封じていたものが一気に溢れ出す。

それは走馬灯のように、出会いから別れまでの記憶がまぶたの裏に流れた。

◆　◆　◆

私がまだ子供だった頃。

物心つく前より親なんてものはおらず、貧民街でいつ死ぬかもわからぬ生活をしていた。

ある日、見知らぬ男がやってきて、私の命が欲しいと言った。

意味がわからなかったが、このままでも死ぬのだし、何をやらされるにしろどうでもいいと思った。

男についていくことを決めた私は、森の中にある家へと閉じ込められた。

身なりを整えられ、温かい食事に温かい寝床。そして、文字など一通りのことを教えられたときには、これは夢なのかと疑ってしまった。

なんのために私に教育を施すのかわからなかったが、体に肉がつき、止まっていた成長が戻ると、教育にあることが追加される。

人を殺める技術、物を盗む技術、どう考えても犯罪のにおいがした。

生きるためとはいえ、盗みもしていた自分だ。いつしか、暗殺者に仕立てあげられようと、それで死んでしまおうと、それが自分の運命だと割り切れるようになった。

一巡ほどして、森の中の家に人が訪ねてきた。

彼は、私に会うために来たと言う。

「これから長い付き合いになるだろう。まずは私のことを知って欲しい」

そう言って、彼は自分のことを話し始めた。

妻のこと、生まれたばかりの我が子のこと、尊敬する父親のことにちょっと苦手な叔父のことも。

最初はただの自慢話かと興ざめだったが、数日もすればそれも慣れてしまう。

そして、話の内容はどんな場所に行っただの、そこで食べたものが美味しかっただの、たわいもない世間話になり、どうやったら飢えることなく生活できるかなど専門的な話にまで発展していく。

「おれにはわからないよ」

「なら学べばいい。いろいろなことを学んで、私の力になってくれると嬉しい」

親にすら必要とされなかった自分が、目の前の男に必要とされている。それがなぜかとても嬉しかった。

彼はたくさんのことを私に教えてくれた。知識、礼儀作法、戦い方も。

そして、彼が何者なのかを知る。

彼はこの国の……ガシェ王国の国王なのだということを。

陛下と過ごした日々は長いようで短かった。あっという間に五巡が過ぎて、どうして陛下自ら私に教えたのか、幸せな日々の中で薄々気づいていた。

「君が選んでくれ。私の直属の配下となるか、否か。断ってくれてもいい。そのときは、別の形で私の力になってくれると嬉しいが」

何も持たない子供に、食事と住処（すみか）、教育、愛情に近しいものを与えた理由。

それは、決して裏切らない駒（こま）を作るため。

愛情を知らない私には、たとえそれが洗脳だったとしても、陛下の望みを断るなんて選択肢はなかった。

「我が主に永遠の忠誠を誓います」

膝をつき、そう宣言する。

本当は名に誓えればよかったが、私には名がない。

私から見える世界には、私を連れてきた男と陛下しかいないので、名がなくとも不便だと思わなかった。

「ありがとう。これが最後の贈り物だ」

贈られたのは、私と陛下だけの秘密。

こうして、陛下の駒となった私は、禁忌(きんき)とされる洗脳魔法を施され、記憶を失った。

最初で最後の陛下の命令は、創聖教本部ファーシアへの潜入。ただの潜入ではない。本部内で力をつけ、上に昇れるだけ昇れと言われた。

末端の神官では、得られる情報が少ないからだろう。

記憶を失っても、身につけたものはなくならない。陛下に教えていただいた知識をもって、三十巡かけて私は主祭という地位までこれた。

陛下の旅立ちをお見送りすることができなかったのは残念だが、今、こうして接触してきたということは、ガシェ王国が危機的状況であることは間違いない。

陛下の駒として、最後まで務めきってみせる。


すべてを思い出した私は、衣装箱の奥にしまっておいた手巾(しゅきん)を取り出す。

ただ、無地の手巾に見えるこれは、特別に作られた転移魔法陣で、布地を織る段階で布地と同じ繊維で魔法陣を組み込んである。魔力を流さない限り、魔法陣だということを見抜けないようにするためだ。

手巾の上に銅貨を置き、魔力を流した。

昔、一度だけ遠くから見かけたことのある、あの頃はまだ小さかった王子、現国王陛下のもとへと。

銅貨を送ってすぐに、王家の紋章が刻まれた手紙が送られてきた。

私を使うことになった理由と勅命（ちょくめい）。勅命には二つの名前が署名されていた。

現国王陛下のガルディー・ラス・ガシェ。そして、我が主であるストルヴィ・ラス・ガシェの名が。

文字の最後をはねさせる癖字に見覚えがあるので、陛下の自筆だろう。

『この手紙には焼却の文様魔法が施されているが、大切にしてくれたら嬉しい』

この一文は現陛下のものだろうが、消されるものを大切にして欲しいとはどういうことかと悩んだ。

陛下の自筆を目に焼きつけるように長め、一色（ひといろ）経つと魔法が発動した。

弱い炎が紙を舐（ねぶ）るように燃やしていく。黒く灰になって、陛下の署名も消える。

そう思っていたのに、魔法の炎は陛下の署名だけを残して消え失せた。

大切にとは、このことだったのか。

燃え残った署名を手に取り、そっと包み込む。

ありがとうございます、王子。

陛下と私を繋ぐものは、二人だけの秘密とこの紙切れ一枚だけ。形あるものを残してくれたことを深く感謝した。

◆　◆　◆

現陛下が望んでおられたのは、二巡半前の大粛清の前と後の変化の詳細と、ルノハークを率いている聖主、カルム・アスディロンと名乗る人物の情報だった。

表向きは、ガシェ王国に赴いていた神官が欲に目がくらみ、人身売買をしていたことになっているが、裏で暗躍していたのは信心深い信者を操っている聖主だろうと。

陛下が私のような駒を創聖教に送り込んだのは、創聖教が徐々に各国の国政に侵食し始めたことを危険視したためだ。

私が初の試みのようだが、おそらく現陛下が育てた駒もすでにこちらに送り込まれているだろう。その人物と接触することはないが、私のように思い出して悲しい思いをして欲しくないと願ってしまう。

私は自分の務めをこなしながら、少しずつ情報を集める。

信心深い信者たちが、どうやって聖主と接触したのか。ルノハークという集団の密会はファーシア内で行われているはずだ。

なので、まずは信者たちを観察することにした。

私の説教を聞きにくる信者だけでなく、他の主祭たちの説教にも見学を申し出た。

それでも怪しい動きをする者は見かけられなかったが、数日後に変化があった。

「ティインガル主祭、本日も他の方の説教をお聞きになっていたのですか？」

私に声をかけてきたのは、この創聖教の長に位置するカーリデュベル総主祭だった。

「はい。皆様の教えを聞いて、私もまだ未熟なのだと実感いたしました。もっと精進せねばなりません」

「ティインガル主祭の勤勉さには頭が下がります。わたくしも見習わねばいけませんね」

お互い本心を見せないような会話だったが、それもいつものこと。

信仰心あれど、本部の内情は利権に伴う勢力争いで気が抜けない。

私は中立派の面々により支えられているが、彼は一大勢力の至上派の統率者だ。彼に怪しまれてしまえば、ここから強制排除されるだろう。

「そちらのお方はお祈りに？」

総主祭の横に佇んでいた人物に話を振る。

身分の高い者が人知れず巡礼に来られることもあり、そういった場合は高位の神官が案内役をすることもある。

総主祭が連れているならば、よほどのお家柄か。それとも、寄付の多い家から何か頼まれたのか？

「ええ。深く悩んでおられて、創造主様のお導きを得たいと遠方より来てくださったのです」

「そうでしたか。僭越（せんえつ）ながら、私も貴方様へ導きの標（しるべ）が指し示されることをお祈り申し上げげます」

身分を隠しておられる御仁にゆっくりと礼をし、創造主様への祈りの言葉を捧げる。

「主祭様のお心遣い感謝する」

御仁もわずかに頭を下げた。訛りのない、美しいラーシア語をお使いになっているので、どの国の出身か判断しづらいが、その立ち振る舞いでもってガシェ王国の者でないとわかる。かの国は礼儀作法が厳格に定められているので、たとえ身分を隠していようと癖が出るからだ。

ひょっとしたら、他国の間諜かもしれないと勘ぐってしまうのは、記憶が戻った弊害だろうか。

お二人と別れて自室に戻り、現陛下への手紙を書くことにした。

大粛清前の創聖教本部は、秩序が保たれ平穏だったように思う。

もちろん水面下では、至上派による古代創聖派への嫌がらせなどは行われていて、中立派の者も容易に庇うことはできなかった。

そんな中で、ガシェ王国に赴いていた神官らが逮捕されたとの一報が入り、創聖教側は身柄の引き渡しと、協定違反の抗議を申し立てることにした。

教会内で起きた犯罪行為に関して、どう処分するかは創聖教側に決定権があるからだ。

しかし、ガシェ王国から送られてきた親書には、神官長らが行った犯罪行為は人身売買の手引きであり、国内の犯罪を増長させたとして、ガシェ王国の法のもと裁くと書かれていた。

ガシェ王国に赴任していた神官長は至上派の一員ではあったが、一国の王がそう訴えているのに庇い立てしては、創聖教の信用問題に関わると神官長らを切り捨てようとしていたように思う。

中立派の意見としては、事態を把握するために調査を行う者をガシェ王国に派遣すべきと進言したが、審議もなく却下された。

こちら側が調査をしては、非があると認めているようなものだと。神官長の独断なのだから、我々は手を出さずあちらに任せようということに。

神官長の独断であろうと、犯罪行為を行うにいたったのは、至上派の責任ではないのかという舌戦を繰り広げている間に、ガシェ王国の方が動いた。

事件の詳細を国中に発表したのだ。人身売買を行う犯罪組織に創聖教の神官長らも関わっていたことも含めて。

これには創聖教本部も大騒ぎになった。

急いで使者を送ったが、犯罪を行った神官たちが悪いのであって創聖教自体は何も関わっていないという言い分は通らなかったようだ。

責任問題を問われ、さらにはガシェ王国からの寄付も見送らせて欲しいと言われたと。

ガシェ王国からの寄付は額も額なので、至上派の面々もさすがにまずいと思ったのだろう。

それに、日が経つにつれ、信者たちからの疑問の声も大きくなっていた。貴族のご令嬢を誘拐した犯人たちの手引きをしていたのは本当なのかと。

楽観視していたがゆえに後手に回るしかなく、ガシェ王国の要望を全面的にのまざるをえなかった。

一定期間の寄付の取り止め、新たな神官長の指名、被害者への慰謝料、そして創聖教内で人身売買に関わっていた神官らの処罰の権利といった具合に。

このとき、カーリデュベル総主祭がライナス帝国からファーシアの本部へと戻られた。

当時はまだ神官長であったが、至上派の幹部として台頭していたこともあり、彼が瞬く間に大粛清を執り行った。

蓋を開けてみれば、至上派にとって目障りだった者たちが、いわれのない嫌疑をかけられ追放され、至上派の権力が強まる結果となってしまったが。

そして、古代創聖派の教えが書かれた書物を禁書として封じ、創聖教の秩序を保てなかったとして総主祭に退位を求め、自らがその後釜に座る。

その政治的手腕は見事なもので、各所で説明と称した演説を行い信者たちの疑念も晴らしていった。

本来、ファーシアから出ることのない総主祭が信者に説明するためだけに来られるということで、教会には信者が押し寄せたらしい。

それにより、寄付も集まったという。

大粛清で中立派も削られてしまい、今では至上派の独擅場だ。

それなのに、今なおルノハークが動いているというのなら、至上派の幹部に聖主に繋がる人物がいるのだろう。

それを絞り込もうとしているが、これという確証が得られない。

なので、そちらが持っている情報を教えて欲しいとお願いする。

創聖教内部の情報と外部の情報の違いを精査すれば、何か見えてくるものがあるかもしれない。

番外編　ヴィルは理想が高すぎる。前編　視点：ラルフリード

カーナとネマがライナス帝国に行ってから少しして、王立学院に珍しい転入生が来た。

僕は上学院に上がっていて、学び舎が別なので会ったことはないけど、凄く可愛い子だと噂は流れてきている。

「まぁ、ラルフリード様よ！　こちらにいらっしゃるなんて……」

一巡しか経っていないのに、学院側の学び舎が懐かしく感じる。

学院の低学年との交流授業があり、僕が小さい子の扱いが上手いからとヴィに調整役を押しつけられたのだ。

その関係で、しばらくは学院に足を運ぶ機会が多くなる。

僕のことを知っているご令嬢たちがキャーキャー言っているのを遠くに聞きながら、懐かしくとも上学院の方が過ごしやすいと感じた。

上学院はさらに学びたい者だけが集うので、色恋にうつつを抜かすような人はいない。

だから、僕もヴィものびのびと学院生活を楽しめている。

次の交流授業を担当する教師との話を終え、上学院の方に戻ろうとしたら、目の前で女の子が盛大に転んだ。

「大丈夫？」

ネマでもなかなかやらない、見事な転けっぷりで笑ってしまうのを堪える。

「はい！　ありがとうございます！」

女の子はカーナと同じくらいの年頃で、恥ずかしそうにしながらも僕が差し出した手を掴んだ。

見たところ怪我もないようだし、しっかりと立ち上がったのを確認してそのまま帰ろうとしたら、女の子に呼び止められる。

その不躾（ぶしつけ）な態度におやっと思ったが、爵位が低い家の子なら僕を知らないこともあるだろう。

「どうしたの？」

「あの、お名前を教えてください！　お礼をしたいので！」

この学院には優秀な民も入学してくるが、彼らはまず最初に礼儀作法を学ぶ。学院の生徒として恥ずかしくない程度の礼儀作法が身につけば、貴族に失礼をしてしまうこともなくなるし、将来、王宮に勤めるときにも役に立つからだ。

僕がいなくなって、学院の質が下がったのかな？

それにしては、この子の衣装は仕立てがよい。市井の民ではなく、貴族であることは間違いない。

つまり、礼儀がなっていない者の相手をする必要はないということだ。

「じゃあ、僕は失礼するよ」

そのときはもう会うこともないと思っていたのだが、僕が学院側に行くと、必ずあの女の子が目の前に現れて、一人で勝手に何かをしゃべってくる。

ちょっと鬱陶しいなと思い始めた頃、上学院の友人が僕が噂になっていると教えてくれた。

なんでも、僕が学院のとある令嬢を寵愛しているという、ありえない噂だった。

「ちょっと歴史を紐解けば、ラルフに婚約者がいない理由はすぐにわかるのにな」

どうしてそんな噂が出回っているのだろうと、友人は不思議そうにしていた。

なんの目的かは知らないが、程度の低い噂は故意に流されたもの。そして、噂を流したのは、我が国の歴史を学ぼうともしない、頭が空っぽな者ということだ。

たとえ噂であろうと、オスフェの名を汚すようなことは許されない。

僕は家に帰ると、ジョッシュに噂を調べるようお願いした。

その日の夕食時、というか、帰ってきたときから険しい顔をした父上が、僕に頼みがあると言い出した。

「ヴィルヘルトの奴が……」

「デール」

いくら嫌っていて本人がいないとはいえ、王太子であるヴィルを奴呼ばわりするのは駄目だと、母上からの圧力で父上は口を閉ざした。

「ヴィルがどうかしたの？」

「……殿下にしかできなかったこととはいえ、ライナス帝国に行き、カーナとネマに会ったようだ」

今日はネマからの手紙は届いていなかったはずだけど、公務としてヴィが行ったことを事後報告で聞いてしまったのかな？

「そこで、殿下が戻ってきたら……少し懲らしめてくれ」

自分が会えないから、ヴィルが羨ましくて仕方ないらしい。大人げないと言うか……。

そんな父上に呆れた様子の母上が、僕に向かって優しく微笑んだ。

「ラルフ、わかっていますね？」

はいと返事をしたけど、この場合は父上の言うことを聞かなくていいのか、それともやっちゃいなさいなのか、判断に困るな。

でも、少しくらいならいいよね？

二日後、ヴィルが上学院に姿を現した。

ヴィルがいなかった間に何をしていたのかは、パウルの報告によって判明した。王立騎士団が捕まえたオーグルを、炎竜殿を呼びつけてライナス帝国に届けに行ったと。

ネマからはリンドブルムたちと遊んだり、聖獣様たちと魔物の子たちとみんなで野外でのお泊まりをしたと手紙に書いてあった。

ネマのはしゃいだ姿が目に浮かぶようだけど、そんな可愛いネマを間近で見たかったな。

「お隣に行ったんだって？」

「デールラントか。皇帝陛下への贈り物を届けにいっただけだ。ネマもカーナディアも元気にしていたぞ」

「僕は可愛い妹たちを抱きしめることもできないのに、会いにいった君が教えてくれるのは『元気だった』だけ？　狡(ずる)いなぁ」

　父上がヴィルを恨めしく思うのも理解できるんだ。

　だって、頻繁(ひんぱん)に手紙でのやり取りはしていても、抱きしめることも、あの可愛い声を聞くこともできない僕たちからしたら、一日だけでも妹たちに会えたヴィルは事細かく報告する義務があると思う。

「そうは言っても、あのときは聖獣が集まりすぎたせいで精霊たちがうるさくてな。ネマは四六時中精霊に埋もれていたぞ」

　ヴィルは精霊のせいでネマの姿が見えなかったと言いたいようだけど、それを想像するだけで口元が緩む。

　僕は精霊が見えないけれど、たくさんの精霊に慕われているネマは可愛いんだろうなぁ。

　ヴィルには嫌味を言い、ラース殿には礼を伝えて、僕たちは授業へと向かった。

　その日は昼休み後に低学年との交流授業があり、もちろんヴィルも参加した。

　王族と同じ時期に学院にいられるのは貴重な経験にもなるし、ヴィルも自分の陣営に取り入れる人材を見繕うのも兼ねて、学院にいる間は積極的に交流を持つようにしている。

　低学年だからと馬鹿にすることもなく、初々しい臣下の礼、敬愛の礼を取る子供たちに優しい笑みを崩さなかった。

　理想そのものの王太子としての態度は、僕の妹たちには不人気だけどね。

　ラース殿は子供たちを怯えさせるからと、今はヴィルの側におらず、どこかでお昼寝をしているらしい。

　王宮にはラース殿が気に入っている昼寝場所が何ヶ所かあるとネマが言っていたので、学院の敷地内にもお気に入りの場所があるのだろう。

　無事に交流授業が終わり、ヴィルの目に留まった子息について話しながら上学院の学び舎に戻っているときだった。

「ラルフ様！」

　例の女の子が礼儀作法も何もかもすっ飛ばして、僕に駆け寄ってくる。

　ヴィルが、なんだあれはという視線を投げかけてきたが、そこは沈黙を貫いた。

　彼女がヴィルに対してどんな態度を取るのか気になるし、ヴィルの反応も凄く気になるからね。

「今日、ラルフ様がこちらに来られるって聞いて……。お菓子を作ったので、よければ食べてください」

　綺麗に包装された小さな箱を差し出してくる彼女を見て、ため息が出そうになったがなんとか我慢した。

　僕がありがとうと受け取ったので、ヴィルが何か言いたそうだったけど、結局黙っていてくれた。

　もちろん、僕がこれを食べることはない。

　僕の体内には、ネマが名付けたスライムが三匹いるけど、その子たちは毒などには対処できない。

ネマが眠っているときに何度か試したのだが、武器を用いた攻撃など、体に傷を負わせるものにしか反応しなかった。魔法耐性、毒耐性は持っていないようなので、そこら辺は自分で気をつけている。

「ラルフ様のお友達ですか？　私、アンジェリカと言います。アンって呼んでください」

僕がお菓子を受け取ったことに気をよくしたのか、女の子はヴィルにラルフ様の分しかなくてごめんなさいと、なんとも的外れなことを言い出した。

どうしよう……この子、面白過ぎる。

この学院にいて、ヴィルが王太子だってことに気づかないとか……いや、わざと知らないふりをしているのか？

だとしても、令嬢としてコレはない。

「いや、もらったところで俺は食べられないからな」

普通、貴族同士はよほど信頼が置ける者でないと食べ物のやり取りはしないものだし、ヴィルは毒に慣らしているとはいえ、毒味されていないものを口にすることはできない。

ネマについているコクの存在を羨ましいと言っていたから、解毒能力を持つスライムがいたら問答無用で捕まえるんじゃないかな？

「あ、甘い物はお嫌いでしたか？　それなら今度、パラスを作ってきますね！」

その言葉に対しての返事はなく、ヴィルは失礼すると言って足早に去っていった。

僕は笑いを堪えきれなくなり、小さく笑いながらあとを追う。

「ラルフ、あれはなんだ？」

「今、何かと話題になっているご令嬢だよ」

「……お前、何を企んでいる？」

何もと答えたけれど、さすがに付き合いが長いだけあって、僕の言葉を真に受けたりはしないか。

ヴィルは僕が何か動いていることを確信して、放置することにしたらしい。

ただ単に面倒臭いというのと、いろいろな公務で忙しいというのもあるだろうけど。

あの女の子にはその後も楽しませてもらった。

次に遭遇したときは本当に傑作だったよ。

「王子様だったんですね！　皆さんに、殿下に失礼だって怒られちゃいました」

王太子だと知ったにもかかわらず、礼儀をいっさいわきまえない態度は、逆に見事だと思ったほどだ。

それから、本当にパラスを作って持ってきたり、ヴィルや僕をお茶に誘ったりしてきた。

ヴィルは忙しい身だから、その誘いに乗ることはなかったけど、立ち話ではなかなか盛り上がっているように見えた。

「で、いつまであれを放置しておくんだ？」

ヴィルの執務室で書類仕事を手伝っているときに、ヴィルの方からあの子の話題を振ってきた。

「ヴィルはお気に召さなかった？」

「なぜ、あれをお気に召すと思ったのかが疑問なのだが?」

「だって、ヴィルの好みでしょ?」

幼い頃からヴィルの学友として側にいる僕だから知っていること。

ヴィルの初恋相手であるピアリース。惹かれた二人のご令嬢、カロン嬢とクラリス嬢。そして、三人の共通点。

「はぁ?」

「彼女、ピアリースに似ていると思わない?」

ピアリース、ヴィルの初恋相手だ。

僕にとっても幼馴染みと言える存在であり、ヴィルの乳母を務めていた女性の娘である。

幼い頃のヴィルはとにかく悪戯好きだった。

王宮の西棟の窓をすべて開け放ち、強い風を起こして書類をバラバラにしたり。

このとき、重要な書類が行方不明になり、大臣になったばかりのサンラス兄上が泣きそうになったとか。

中庭の生垣の迷路を分かりづらいと言って、自分の身長よりも低い位置で伐採し、見晴らしをよくしたり。

王宮の庭師たちが、呆然としてしばらく使い物にならなくなったらしい。

それから、靴に風の魔法をかければ高く跳べるとか言い出して、王宮の屋根より高く跳んでしまい、着地に失敗して地面に大きな穴を開けたこともあったね。

あのときは僕も側にいたけど、衝撃が凄かったし、とんでもないことが起きたと急いで穴の中を覗けば、ヴィルが苦しんでいた。

ヴィルが死んじゃうと思って、泣きながら治癒魔法を使ったなぁ。

まぁ、ただ足を折っただけだったけど、魔法が未熟で精神が乱れていたこともあり、僕では治しきれなかった。

結局、王宮の治癒術師に治してもらって、僕まで怒られるはめになった。

痛い思いをしてもヴィルは懲りなくて、どうして危ないことをするのかって聞いたんだ。

そうしたら、僕が側にいるんだから死ぬことはないって言ったんだよ？

今なら自業自得だとヴィルを笑うけど、あのときの僕はなんと言うか、純粋だった。

僕がいることで無茶をするなら離れればいいのに、ヴィルが怪我しても治せるようにって魔法を猛練習したのだから。

でも、そんなヴィルの悪戯を止めてくれたのがピアリースなんだ。

彼女は乳姉弟ということもあって、不敬を気にせずに言いたいことを言える関係を築いていた。

そんな彼女の口癖は『格好悪い』だ。

悪戯を思いついたときには、そんなことを楽しむだなんて格好悪い。勉強が嫌だと逃げ出したときには、王子が頭悪いなんて格好悪い。機嫌が悪く侍女に当たり散らしてしまったときにも、人に優しくできないなんて格好悪いと言い放った。

これだけ聞くと、彼女が口の悪い女の子のようだけど、そのあとには必ず別のことを提案してくれるんだ。

悪戯するよりも、誰が足が速いか競争しましょうと。勉強が嫌なら、ラルフと一緒にやればいいじゃないと。か弱い女性よりも騎士たちの方がどんと受け止めてくれるわよと。

ピアリースがきっかけで、僕もヴィルと同じものを学ぶことになったし、ヴィルの剣の稽古が早まった。

そうやって、自分のことを思っていろいろと言ってくれるのが嬉しかったんだろうね。ヴィルの悪戯は減らなかったし、勉強よりも僕たちと遊ぶことを優先していた。

しかし、僕たちの関係は七歳になる時期に大きく変化する。

王立学院への入学を翌巡に控え、ヴィルは次期国王としての教育がこれまで以上に増やされた。僕も次期公爵、宰相としての教育が始まったのと、好奇心旺盛なカーナの相手で王宮に行く回数が減った。

そして、ピアリースも伯爵家の娘なので、学院に上がるまで淑女教育をこなすこととなった。

それと同時に彼女の母親は乳母の任を解かれ、王妃様付きの女官に戻った。

ピアリースの家は代々王宮に仕える伯爵家で、現在も夫婦共に両陛下を支えている。

久しぶりの再会となったあの日。王立学院の入学式で、ヴィルはピアリースを見つけて、いつものように声をかけた。

「ヴィルヘルト殿下、ご無沙汰しております」

臣下の礼とともに、ピアリースの口から紡がれたのは、許していた愛称ではなく敬称だった。ほのかに好意を寄せていた相手から、突然突き放す態度を取られたヴィルの心境はとても複雑なものだったと思う。

いくら乳姉弟とはいえ、王太子であるヴィルは一人の女性を特別扱いしてはいけないことも理解していた。

しかし、実際に目の当たりにすると、やっぱりつらいものがある。

僕に対しても、ラルフではなくラルフリード様と改まった態度になってしまったし。

それからしばらく、ヴィルはわかりにくく落ち込んでいた。周りに覚られないのは教育の成果とも言えるが、僕には言って欲しかったな。

そんなヴィルを見ていられなくて、ピアリースに聞きに行っちゃったんだよね。

「ヴィルのこと、嫌いになったの？」

「殿下のことは敬愛しておりますよ。最近は悪戯も減ったとお聞きしましたし、王太子として自覚されたようでよかったです」

「ヴィルには言わないから、本当のところを教えて？」

ピアリースは困惑していたけど、僕はしつこく食い下がる。

一緒に苦労した仲じゃないかと言えば、彼女は絶対にヴィルには言わないかと確認してきたので、名に誓うことにした。

「私ね、ヴィルのことが嫌いだったの」

以前の口調に戻し、ピアリースは本音を吐露し始めた。

まぁ、一言目にとても驚いたけど。

「だって、ヴィルが何かをやらかすたびに、お母様が周りに謝るのよ。ヴィルも自分のお母様が側にいられなくて淋しいのはわかるわ。だからと言って、私のお母様の気を引くために悪戯するなんて許せなくて」

ピアリースにはそういうふうに見えていたのか。

母恋しさに悪戯をしているのもあったかもしれない。でも、ヴィルは自分の母親が王妃なのを理解し、諦めていた。

王妃様が可能な限り我が子との時間を作ろうと努めていたことを、ヴィルは知っていたのだろう。公務で夜遅くなる国王陛下や王妃様がヴィルの顔を見るために部屋に行っても、ヴィルは眠っているので会ったとは言えなくても、ヴィルは文句一つ言わない。

「乳母を務めていたとしても、私のお母様であって、ヴィルのお母様じゃないの。それに、私はロドマニ家の者として、将来王宮に上がりたいの。ラルフならわかってくれるでしょう?」

つまり、大きくなったら母親のように王宮で働きたいから、線引きは必要だということか。

ピアリースが男だったなら、僕のようにずっと側に侍ることができただろう。

でも、次期国王であるヴィルに侍ることができる女性は、次期王妃しかいない。

このときの僕には理解できていなかったけど、王妃様はライナス帝国の皇女で、国王陛下の弟君はミルマ国女王の王配となられている関係もあり、ヴィルのお相手は国内かと囁かれていた。

おそらく、ロドマニ伯爵にもいろいろと圧力がかかっていたのではないだろうか。

「君が次期王妃様の支えになってくれるのなら心強いよ」

「あら、東棟とは限らないわよ。西棟でヴィルやラルフが怠けていないか見張る役かもしれないわ」

「それはそれで恐ろしいな」

僕たちが仕事をしていなかったら、容赦なく怒られそうだ。

これ以降、僕とピアリースは幼馴染みではあるものの、顔見知り程度の距離間を保つこととなる。

大人になり、お互い王宮で働くようになれば、仕事仲間として新たな関係が築けるだろう。

ヴィルには、ピアリースと話したことは伝えなかった。名に誓ったのもあるけど、やっぱり好きな子に嫌われていたなんてとどめを刺さなくてもいいかなって。

それからのヴィルはピアリースのことを忘れるためか、たくさんの生徒と交流を持つようになった。

頼りになる臣下を探す目的もあれば、自分の世界を広げるためでもあったんじゃないかな？

学院で学ぶ子供たちは、国中から集まっている。王都で育った者もいれば、地方でのびのびと育った者、親の都合で居所が転々と変わる者など、育った場所も育ち方も人それぞれ。

そんな彼らとの交流によって、教師から教えられる以外の話を多く聞くことができた。

僕は王都育ちではあるけれど、たまに父上の視察に同行させてもらうことがあり、王都の外を知っていた。

それに比べ、このときのヴィルはまだ、王都から出たことはなく、王宮から学院までの馬車道の風景しか知らない。

ヴィルはどんな思いで、彼らの話を聞いていたんだろう?

番外編　ヴィルは理想が高すぎる。　中編　視点：ヴィルヘルト

「ピアリースだけじゃなく、カロン嬢やクラリス嬢にもね」

先ほどからラルフは女の名前ばかり出してくるが、これも企みの一環か？

ピアリースの名は久しぶりに聞いたな。

彼女は俺の乳姉弟だった。彼女の母親は、俺の母上の女官で、俺が生まれるより少し前に娘を出産したことで乳母に選ばれた。

すぐに俺の育児を任せられるようにと父上の判断だが、あわよくばを狙って子作りした貴族たちを外したかったのだろう。

ラルフが同じ歳なのはデールラントが狙ったわけではなく、父上と母上がベタベタする様子に煽られた結果だと思う。あいつがセルリア夫人に心底惚れているのは、一部には有名な話だ。

二歳くらいになると、ラルフとピアリース、二人と一緒に遊ぶことが多くなった。

ラルフは低くとも王位継承権を持っているので対等な関係を築けているが、ピアリースは俺の姉のように何かと世話を焼きたがった。

俺の初恋はと言われたら、たぶん、ピアリースなのだろう。俺を否定することなく、俺がやってはいけないことをしたら叱りつけてくれた。

彼女となら、父上と母上のような関係を築けるかもと夢想したこともある。

しかし、それは学院に上がるとともに僂くなった。俺は、どうあがこうとも王太子であり、過度な馴れ合いは周りが許さないのだと。

ピアリースも、以前のような態度ではいけないと、親に言われたのだろうと思った。そして、今までの関係を崩してまで、それを受け入れた。

今なら、彼女が何を訴えたところで、どうしようもできないとわかってはいる。

次に上がったカロンは……過ぎたるは恐ろしいと感じるものなのだと教えてくれた。

他の令嬢に比べるとそれなりにまともな方ではあり、彼女の兄とともに会話するのは楽しかった。

しかし、俺がラースと契約して……まぁ、あれは忘れた方がいい。ラルフにも忘れろと念押ししておく。

あの頃の自分が好きではない……というか愚かだったから思い出したくもないが正しいか。

王太子として、できて当たり前だと言われ続けていたのに、ラースと契約してからはさすがだと褒められることが増えた。

俺は自分が認めてもらえたのだと純粋に喜んでいたのだが、カロンの態度を見て理解した。

奴らは俺を通して、聖獣の威光にあやかろうとすり寄ってきただけだと。心の中ではラースを畏怖（いふ）し、俺は利用価値の上がったお人形だとほくそ笑んでいたのだ。

元気がないからと、心配したラルフから家に招待された。

ラルフには幼い妹がいるので、ラースは連れていかないと言ったのだが、ラルフは大丈夫だと微笑む。妹も会いたがっているから、ぜひ連れてきて欲しいと。

　言われるがまま、ラースを連れていくと、ラルフの妹、カーナディアが目をキラキラさせてラースに挨拶をする。

　ラースは俺以外に興味を示すことはないので、カーナディアのことも無視をしていたが、カーナディアは気にすることなく俺へと標的を変えた。

　止めどなく出てくる質問に、最近も似たようなことがあったなと思い出す。

　ラースと契約したあと、王立魔術研究所の面々が興奮した様子でラースについていろいろと質問してきた。

　しかも、俺に向かって遠慮もなく、血筋でしょうかと聞いてきた強者がセルリア夫人だ。彼らは邪な思いではなく、純粋な知的好奇心がそうさせるのだとわかる。

　カーナディアもそんな彼らと同じ目をしているのだ。

　オスフェ家は使用人もラースを怖がらず、かといって必要以上に敬うこともしないので、居心地がいい。

　ちょくちょく遊びにいっていたのだが、先代のご夫人が旅立たれ、新たに子が生まれ、オスフェ家が慌ただしくなった。

　オスフェ家に行くことができず、退屈になり、母上にぼやいたのが間違いだった。いつの間にかカーナが婚約者候補になってしまったので、本当に口には気をつけなければならないと身に染みた。

最後に名があがったのはクラリス嬢か。彼女と最初に会ったのは、母上主催のお茶会でだった。

学院で俺が引き込んだ友人たちを始め、同世代の男女が多く出席していたのは、母上がよかれと思ってやったことだ。

母上から見た当時の俺は、交友関係が偏っているように感じたのだろう。もっと視野を広く持てと、母上は言外に示してくれた。

クラリス嬢はカーナディアから友達なのだと紹介された。同じ歳の友達ができた嬉しさもあって自慢したかったようだ。

基本、俺の周りは俺が認めた者しか近づけないので、その者を通して話しかけてくる。

従兄弟などの血縁はまだいいとして、幼いときに一緒に遊んでいた仲とか、それ繋がりと言えるのか疑問に思うものから声をかけられることもある。

少しだけクラリス嬢と世間話をしたが、カーナディアが気に入った理由が垣間見えた。

頭の回転が速く、他の令嬢とは違う特技を持っていたからだ。

彼女は学院に上がるまで、父親が代主(だいしゅ)を務めるディルタ領の東部にいたらしい。そこは自然豊かと言えば聞こえはいいが、本当に何もない田舎町で、家畜と一緒に遊んで育ったと。

王都では想像できない見渡す限りの牧草地に、図鑑でしか見たことのない動物といった、深窓の令嬢には体験したことがない世界を聞かされた。

しかし、こういう場所で恥ずかしげなく、牧草地を裸足で駆け回っていたと言ってしまうクラリス嬢に感心する。

「今、乗馬ができるよう特訓していて、乗れるようになったらクラリス様とお出かけする約束をしていますの」

カーナディアが馬に乗れるようになるとは、あの小さかった頃を思うと信じられないな。

「転げ落ちるなよ」

「これでも筋がいいと褒められております！」

思わず本当かと目でラルフに問うと、彼はカーナディアの頭を撫でながら、本当ですよと答えた。

デールラントが馬に乗るのをよく許したな。あの親馬鹿は危ないことはいっさいさせないと思っていたが。

「下の妹が動物大好きで、大きくなったら相乗りするのだと張り切っているんですよ」

なるほど、愛娘のおねだりに負けたのか。

そういえば、オスフェ家の末っ子とはいまだに会えていない。

というか、生まれてすぐに、娘が二人になったのだから家に来るなとデールラントに言われた。

十歳も歳が離れているのに、何を警戒しているのかと呆れたが、カーナディアとの一件もあるので、距離を取った方がいいと納得した。

母上も余計なことをしてくださる。

「殿下は乗馬をされたりするのですか？」

クラリス嬢からの質問に嗜(たしな)み程度だと答える。

ラースがいると馬が怯えるし、ラースに乗って空を駆けた方が断然速い。かといって、馬にまったく乗れないとなると、何かあったときに対処できないので一通りこなせるようにした。

軍馬で雪山を越える訓練はあまりのきつさに、本当に王太子に必要なことなのかと疑問に思ったほどだ。

絶対、他国の王子たちは山ごもりなんてやらないだろう。

このお茶会以降も学院で顔を合わせれば、カーナディアとクラリス嬢とでお昼を食べたり、お茶をしたこともあった。

俺には常に誰かついているので、二人っきりということはなかったたし、カーナディアがいる場合は必ずラルフを同席させた。でないと、デールラントがうるさい。

クラリス嬢も優秀な令嬢のようだが、やはりカーナディアに比べると見劣りがする。周りがなんだかんだと言ってきてはいたが、俺は結論を出さなかった。

それからしばらくして、俺は迷子を拾った。

オスフェ家の末っ子、ネフェルティマだ。

これまで、子供には見向きもしなかったラースが、子供を背中に乗せていたのだから驚いた。

聖獣は契約者以外懐かないとも聞いていたからだ。

迷子のネマは自分で名前を言えたので、父上の執務室にいるデールラントのところへ連れていった。

ネマにデロデロな顔をするデールラントを初めて見たのもこのときだったな。あれは正直言って、ちょっと気持ち悪いと思う。

ネマは表情がすぐに変わり、少しつつけばいい反応を返してくれた。

ことが起きたのは学院での外部発表会のときだ。

家族や関係者へ日頃の成果を見せるための行事だが、高学年は対戦があるのでもめごとが起きることもある。

軽く学び舎を見回っていると、ラルフが面倒臭い奴に絡まれているのを発見した。

トリスタン・ディスドール。こいつは、俺の側近候補たちが気に食わないのか、事あるごとにつっかかってくるらしい。しかし、すべてにおいて勝てたためしがない。

俺が選んだ側近候補が、そう簡単に負けていては俺の立つ瀬がなくなる。

ただ、彼の懲りない愚直さや諦めない精神力は評価できるので、何か使いようがないか考えてはいる。

王宮で会ったときにいじり過ぎたせいか、ネマはラルフの背中に隠れていた。

ラルフがなぜ知っているのかと鋭い視線つきで問うてきたので、迷子だったことを教えてやる。

すると、迷子じゃないとネマ自身が否定してきたが、あれはどう見ても迷子だった。

ネマを抱え、ラースを餌に王宮に遊びにくる約束を取りつける。ネマに俺と父上の庇護があることが広がれば、悪しざまに言う奴も減るだろう。安全が確保されれば、ラルフもそう口出ししないはずだ。

不敬を恐れることなく、ネマは本気で俺のことを嫌がっていて、それがまた面白いと言えばオスフェ家総出で怒られそうだ。

そして、カーナディアが炎竜殿を召喚し、ネマが契約するという炎竜事件が発生する。ネマがカーナディアのもとへ行こうと飛び降りたときは肝が冷えた。精霊たちが間に合わなかったらと思うと……。

俺がネマと出会ったからか、カーナディアの態度が思いっきり変わった。

以前は他者がいるところではちゃんと淑女らしくして、身内だけになるとラルフと同じように気安いものだったのだが、今はこれでもかというほど敵視されている。

確かにネマは面白い奴だが、相手は三歳児だぞ？　お前ら、俺をなんだと思っているんだ？

まぁ、こちらをキャンキャンと威嚇してくるカーナディアも面白いので、そのままにしておくか。

カーナディアの、俺への態度が変わったことはクラリス嬢も察したようだ。

「殿下、ご機嫌よう。お忙しいようでお見かけしておりませんでしたが、よろしければお茶でもいかがですか？」

炎竜事件について聞きたいこともあったので、誘いにのることにした。

「先日、召喚に失敗した事件について、クラリス嬢は何か聞いたか？」

「カーナが失敗して、不敬にも原竜(げんりゅう)様を呼び出してしまったとしか」

炎竜殿が現れたのは隠しようがないので、ネマのことが流れていなければいい。

「それに、最近のカーナは殿下がいらっしゃらないときに失礼な発言が多くて……」

あいつのことだから、不敬に当たらないギリギリの発言をしているはずだ。

そこら辺は本当、兄妹似ているからな。いや、デールラントの入れ知恵かもしれん。

それにしても、クラリス嬢がこの頃合いでカーナディアを落とす発言をするとは。

「あぁ、カーナはいいんだ。私が許している」

「……っ⁉」

さて、これでどうのし上がってくる？　俺を納得させられるほどの手腕をぜひとも見せてくれ。


クラリス嬢は俺を楽しませてくれると思ったんだが。

「結果は俺の見込み違いだった」

カーナディアに取り入り、欲をかかずに時間をかけて俺に近づいた点はよかったんだが、カーナディアを排除しようと動いたのは駄目だな。

婚約者候補から失墜させようとするのではなく、カーナディアを自分の陣営に取り込み、さらに自分を売り込むくらいはやってもらわないと、他の貴族を納得させることができない。

「だから僕に言ってって言ったのに。それくらいこちらで上手く根回しするよ」

「己の力でできなければ意味がない。何かあるたびにオスフェに泣きついては、デールラントやお前にいいようにされるだけだろう」

あの母上だって、嫁いできてからの人脈と自分の手駒は自分だけで整えていったんだぞ。

「少し調べれば、デールラントが辞退させたがっていることくらい耳に入っただろう。カーナディアの友人になったのなら、それを利用してデールラントと接点を作り、自分が婚約者になると恩を売ればよかったんだ」

「うーん、父上が小娘の言うことを聞くかな？」

「確実に候補から下ろせるとなれば聞くさ。ただし、カーナディアの代わりなのだから、求められる基準はかなり上がっていると思うぞ」

カーナディアがクラリス嬢より劣っているなんて不名誉は許さないだろうからな。ただでさえカーナディアがやらかすたびに、条件は難しさを増している状態だぞ。

「カーナディアに確定をもらいたくなければ、目立つことをするなと伝えておけ」

「カーナが何かをやるときは、ほとんどネマのお願いだから無理だと思うよ」

「じゃあ、ネマを大人しくさせろ。あいつは首輪をつけているくらいがちょうどいいんじゃないか？」

首輪で思いついたが、あいつの行動を制限できるものを作った方がいいかもしれないな。

ラースに乗るときは、命綱はあった方がいいし。セルリア夫人に相談してみるか。

番外編　ヴィルは理想が高すぎる。後編　視点：ラルフリード

僕がピアリースの名前をだしたからか、ヴィルの動きが止まってしまった。

懐かしさよりも、心の古傷が痛むとか？

ヴィルにそんな繊細さがあったのなら、蒸し返したのは悪かったな。

謝ろうと思ってヴィルの名を呼んだら、何事もなかったように戯れ言かと呆れた声が返ってきた。やっぱり、君はそういう奴だよ……。

「遠慮がないところとかピアリースたちに似ていると思うんだけど？」

「あれは遠慮ではなく分別がないだけだろう」

意外に冷静と言うか、お気に召さなかったのかな？

「でも、カロン嬢やクラリス嬢もあんな感じだったよ？」

カロン嬢はヴィルが八歳のとき、クラリス嬢は十三歳のときにヴィルと親しかった女の子だ。

我が強いというか、ヴィルを王太子として敬意を払いつつも、言いたいことははっきりと言う女の子だった。

低学年のうちは、多少言葉遣いがなっていなくてもお目こぼしされていたので、ヴィルと軽口をたたく子もいた。

カロン嬢には二歳年上の兄がいて、彼を陣営に取り込みたいとヴィルは狙っていた。

為人を知るために、ヴィルは少しずつ交流を図っていたのだけれど、そのたびにカロン嬢が割り込んできた。

僕には、兄を取られまいと警戒する妹そのものだったけど、兄弟のいないヴィルには礼儀がなっていない女の子に見えたようで、口喧嘩が絶えなかった。

「お前のことは呼んでいない」

「お兄様との約束は私の方が先だったのです！」

カロン嬢の兄は、王族にお呼ばれしたのだからそちらを優先したのだが、カロン嬢は毎回あらゆる手を使って兄についてくる。

ある日、兄を呼び出したにもかかわらず、カロン嬢の姿がなく、ヴィルはソワソワした様子で兄に尋ねた。

カロン嬢はどうしたのかと。

どうやら、前日に熱を出してしまったらしく、治癒術師に診てもらい、今日は絶対安静だと母親に言いつけられたとか。

行動力のあるカロン嬢なので、家を抜け出さないよう母親が見張っているとも言っていた。

この後、ヴィルはカロン嬢にお見舞いを贈り、元気になったカロン嬢は少し照れながらお礼を伝えていた。

このままよい関係が続くかと思ったが、ヴィルがラース殿と契約すると変わってしまう。

子供にとって、ラース殿は恐ろしかった。

自分を丸呑みできるくらい大きな存在で、敬うべき聖獣様といえど恐怖の方が先立つ。

僕は、ラース殿がヴィル以外にはまったく気にも留めず、視界にすら入っていないことに気がついて、怖いと思うことはなくなったけどね。

ただ、カロン嬢はそうはいかなかった。

ラース殿がいる場に来てしまったときに、あまりの恐怖に粗相と失神をしてしまった。

もちろん、子供だからとおとがめはなかったけれど、貴族の令嬢として王太子の前で恥をさらしたことは、本人の心に傷を負わせた。

カロン嬢はヴィルにも怯えるようになり、それ以降、ヴィルの前に姿を現すことはない。

ヴィルは自分が怯えられたことよりも、ラース殿が怯えられたことに衝撃を受けていた。

大人はそういった感情を出さないようにできるけど、子供はそうもいかないから。

それでまたもや落ち込むから、僕の家に遊びにおいでと誘ったんだ。

僕の家の使用人たちならラース殿に怯えることもないし、カーナは怯えるどころか興味津々でヴィルを質問攻めにすると思った。

今のところ、一番後悔したのが、このヴィルを家に呼んだことなんだよね。

本当に、やめておけばよかった……。

まず、ヴィルを我が家に招待するにあたって、一番反対したのが父上だった。

招待するのはいいけど、カーナを同席させるのは嫌だと。

このときはまだネマが生まれていなくて、我が家のお姫様は五歳になったばかりのカーナだけだから、父上はカーナを男には会わせないと言い張っていたんだ。

僕は可愛い妹を自慢したかったし、ヴィルにラース殿を怖がらない子もいることを証明したかった。

「せいじゅう様に会えるの⁉」

僕たちの会話を聞いて興味を示したカーナは、目をキラキラさせて父上に聞いた。

「いや……聖獣様よりも厄介な殿下が一緒だからね。ほら、カーナは礼儀作法が嫌いだっただろう？」

「せいじゅう様に会えるなら、カーナいい子にしてるよ？」

結局、父上は我が家のお姫様の可愛さに折れた。

カーナのお願いに対抗できるのは、母上と家令のマージェスくらいだ。

その日から、殿下と聖獣様をお迎えするのだからと、カーナは礼儀作法を学ぶ時間を自ら増やした。まぁ、母上に上手くのせられたとも言える。

そして、我が家にヴィルがやってきた日。我が家の使用人たちは普段通りにヴィルとラース殿を接客し、カーナは興奮しながらヴィルを質問攻めにした。

「せいじゅう様とはどこでお会いしたの？」

「けいやくして変わったことは？」

「せいれい様ってどんなお姿をしているの？」

ヴィルが一つ答えれば、続けて二つ、三つと質問を投げかけるカーナ。

「カーナ、落ち着いて。時間はまだあるから、焦らなくていいんだよ」

ヴィルの方はぐいぐいくるカーナに狼狽（ろうばい）していて、ちょっと面白い。

カーナの好奇心はとどまらず、王族についてもいろいろなことを尋ねていた。

魔法はどのくらい使えるのか、王族にしか使えない魔法はあるのか、禁書にされた本は王宮に管理されているのかなど、魔法関係に偏（かたよ）っているのは母上の娘だからだと思う。僕も、魔法の勉強は好きだから。

ヴィルを特別視しない環境が気に入ったのか、それからも遊びにくるようになった。

カーナも兄が増えたかのように懐いた。そう、懐いたのが問題だったんだ。

カーナがまだ六歳、僕が九歳の頃、大好きだったお祖母様が女神様のもとへ旅立たれた。

本当は賑（にぎ）やかにお祖母様の旅立ちを見送らなければならないのに、お祖母様がいなくなった屋敷は火が消えたように温かみがなくなってしまった。

特にお祖母様に懐いていたカーナから笑顔が消え、なんとかしたくても、僕は空元気を装うのが精一杯で、ヴィルを呼べるような状態ではなくなった。

しばらくしたら母上が産気づき、ネマが生まれた。

新しい命は我が家に活気を取り戻してくれた。

我が家の使用人が優秀だからと、母上は乳母を雇うことはしなかったし、侍女たちも母上と赤ちゃんのお世話に張り切るようになった。

でも、そうなると両親の関心が赤ちゃんに向かうのは当然なわけで。

僕はカーナが生まれたときに感じたことを思い出した。両親は、特に父上は僕よりもカーナの方が大切なんだと、見放されたような気がして淋しかった。

結局、僕の思い過ごしで、父上は初めての娘に浮かれてただけだった。

そんな経験があったから、カーナのことを心配していたんだ。

僕の心配をよそに、カーナはネマに夢中で、ずっとネマの側に張りつくようになる。

ネマが泣けば、おねえ様ですよーと飛んであやしに行き、ネマが笑えば一緒に笑っていた。

カーナのことを凄いと思ったけど、その反面、僕だけが取り残されたようで淋しくもあった。

だけど、カーナはネマから離れたくないからと、淑女教育を疎かにし始めた。

アンリー先生が来ても、ネマの部屋から出てこようとしない。

「カーナ、アンリー先生が待ってくださっているよ」

「ネマが淋しいって言っているので、今日は休みますわ！」

ネマは気持ちよさそうに眠っているので淋しいとは思っていないだろう。そもそも、生まれたばかりのネマはまだしゃべれないよ。

「ネマがもう少し大きくなって、カーナが立派な淑女になっていたらお姉様凄いって喜ぶと思ったんだけどなぁ。それに、カーナがネマに教えることだって……」

僕が言い切る前に、カーナはスクッと立ち上がると、僕を見て言った。

「お兄様、ボーッとしてないで行きますわよ！」

そのお兄様は、そんなにのせられやすい、君の将来がとても不安です。

「僕にとってカーナは大切な妹だよ」

「急にどうなされたの？　わたくしはお兄様に愛されていないなどと思ったことはこれっぽっちもありませんわ！」

親指と人差し指をくっつけて、これっぽっちを表現するカーナは当然だと言わんばかりに堂々としていた。

「あ、お兄様もネマと一緒にいられなくて淋しいのね。仕方ないです。わたくしがお勉強している間、ネマの側をゆずりましょう」

うーん、僕の愛情が正しく伝わっているのか怪しいけど、ネマと二人きりというのも捨てがたい。

「ありがとう。カーナの分もネマをたくさん可愛がっておくよ」

こうして、姉としての自覚が芽生えたカーナは両親も驚くほど才能を伸ばしていった。

そのせいで、奴らに目をつけられることとなる。


お祖母様が旅立たれ、ネマが生まれ、オスフェ家は慌ただしく日々が過ぎていく。

そんな中、退屈したヴィルが王妃様に言ってしまったんだ。

カーナのことを、好奇心の塊で面白いとね。

あとでちゃんと文句は言っておいたよ。知的で魅力的の間違いだって。

ヴィルが女の子を褒める……僕は褒め言葉だとは思わなかったけど、褒めるのは珍しいと国王夫妻の間で話題になり、それなら婚約者にと話が大きく飛躍し、我が家に打診まで届いた。

親馬鹿な父上がことあるごとにカーナを褒めちぎっていたせいで、オスフェ家の才女として社交界でも認知されていたのも理由になったようだ。

もちろん、父上は猛抗議して、婚約の話をなくそうとしていたらしい。

しかし、残念なことに、身分が釣り合うご令嬢の中で、ヴィルが興味を示したのはカーナだけで、また、カーナに匹敵するほどの才覚を持ったご令嬢がいなかった。

今後、各国の情勢が変わるかもしれないと父上が中枢を説得し回って、なんとか候補として最終的に落ち着いたと聞く。

王妃になってしまえば、可愛い妹が大変な思いをするのが目に見えている。あのときカーナをヴィルに会わせてしまった自分を殴りたい。

婚約確定ではないことと、一部の貴族がオスフェ家に権力が偏るのを危惧して反対していることもあり、カーナは我が家でのびのびと育つことができた。

王妃教育で王宮に……なんて言われなくて、本当によかった。

カーナも学院に上がり、兄妹で通えるようになると、そこでも王太子の婚約者候補という肩書きが問題を引き起こすこととなる。

ヴィルがカーナを妹分としてしか見ておらず、でも、カーナが一番ましだと思っていることは確かだ。

「ヴィル、好意を持てそうな女性がいたら教えて」

「……なんでだ？」

「カーナを候補から外すために、オスフェ家が全力を注ぐから」

「あぁ……いろいろとすまん」

ヴィルが好意を持てるということが一番重要だから、相手の身分が低ければ我が家が後ろ盾になってもいいし、能力的に足りないというなら我が家から人材を引っ張ってきてもいい。

とにかくカーナを候補から外そうというのが、我が家の方針となっている。

まぁ、本人が望むのであれば支えるのはやぶさかではないけど、カーナは母上の仕事に興味を持ち始めているので、魔法研究の道に進みそうなんだよね。

「カロン嬢のことは忘れてやれよ」

書類に署名する手を止め、ヴィルは苦笑を浮かべながら僕に言った。数年前はしおらしく、カーナを巻き込んだことを謝っていたのに。

結局、その後もヴィルは僕に好意が持てそうな女性がいるとはついに言ってこなかった。

「昔の約束は今でも有効だからね。好ましく思っている女性がいるなら、隠さずに言って欲しい。僕たちはまだ、カーナを候補から外すことを諦めていないのだから」

「お前もデールラントも執念深すぎるだろう」

「可愛い妹のためだもの。いくらでも無茶はするよ」

話の流れを変えようとしているのか、僕について話題を振ってくるけど、そうはいかないよ。

「それで、クラリス嬢とはどうなったの？」

「彼女とは……」

なんだか、僕が思っていたのと違うな。

ヴィルの好みは、素の顔を見せてくれる女性だと思ったけど、さすがに馬鹿が過ぎると駄目か。

アンジェリカ・ディスドールの身辺調査を行ったところ、怪しい裏はなかった。

ディスドール侯爵家の跡取りであったトリスタンが、使命を授かったと言って出奔。

跡継ぎがいなくなったことで、妾の娘を本家に引き取った。元々、アンジェリカとその母親は一般の住居地区にディスドール侯爵から与えられた家で暮らしていた。一般の民よりも多少は贅沢な暮らしをしていたようだが、貴族から見れば一般の民と変わらない。

この手の話は珍しいがあるにはある。誓約をした相手でないと子は生まれないのだけど、正妻が妾を認めている場合が多いのはやはり政略結婚の弊害か。

自分の両親がいかに稀な存在なのか、よーくわかったよ。

誓約を行わず、妻の役割は担うが子供は妾に生ませるご夫人がいるとは、本当に信じられなかった。貴族社会の闇は深いね。

ディスドール家も典型的な政略結婚で、ご夫人は跡取りを生んだら閨は共にしないという条件で結婚したそうだ。なので、妾のことも容認していたらしい。

トリスタンが出ていってしまったため、妾の娘をご夫人が侯爵家に相応しい淑女になるよう教と。

育を請け負うと言ったそうだが、当主である旦那がそれを拒否し、早々に学院へ入れてしまった
大人に振り回されたという点では、アンジェリカ嬢も被害者なんだよね。

教育も施さないまま学院に入れるなんて、娘を苦しめたいのかって疑ってしまうよ。

彼女がヴィルの好みじゃないなら、どうしようか？　……よし、押しつけよう。

早速、遭遇すると彼女は真っ先にヴィルのもとへ来た。

「アンジェリカ嬢、君のことを調べさせてもらった。正直に言ってくれ。君は無理をしていないか？」

ヴィルが調べていたのは知っていたけど、彼女を救うべき民だと判断したのかな？

「急に貴族社会に放り込まれ、さぞ困惑したことだろう。学院でも、どう過ごしていいのかわからず、苦労したのでは？」

「えっ……あの……」

ヴィルはそれ以上は口を開かず、アンジェリカ嬢の言葉を待つ。アンジェリカ嬢は言おうか言うまいか判断に迷っている様子だ。

「……お母さんのもとに帰りたいですぅ……」

妹たちが嫌っている王太子の笑みは、本当に助けてくれるかもと、一縷の希望を掴ませた。

私に貴族は無理ですと、大きな瞳から涙を溢れさせ訴える少女の姿は、周囲の男たちの視線を釘づけにした。

「貴族なんてなりたくない……。私、頭は悪いし、魔力も少ないのに、この顔で男を捕まえてこいって言われて……」

ディスドール侯爵はこんなに間抜けだっただろうか？　もう少しまともだと思ったんだけど。

「それなのに、なぜ私たちに近づいた？」

「え？　ラルフ様たちは婚約者いないって聞いたから……」

国の事情で、僕たちに婚約者がいないことを知らないのか。婚約者がいないなら、すり寄っても大丈夫だと。

入り婿を探すにしろ、どういった相手が相応しいとかも教えていないのかもしれないと、僕もアンジェリカ嬢に同情を隠し得なくなる。

「……アンジェリカ嬢、この件は私に任せてくれ。貴女のことも、ディスドール家も悪いようにはしない」

「……はい」

真摯なヴィルの態度に、アンジェリカ嬢は泣くのも忘れて見惚れていた。

数日後、ヴィルにどうなったのかを尋ねれば、意外な答えが返ってきた。

「トリスタンが出奔したのは俺のせいだからな」

「……どういうことかな？」

ヴィルの言い訳によると、トリスタンのあの迷惑な性格を何か利用できないかと考え、伝達屋をさせることを思いついたらしい。

商業組合の一部である伝達屋は、商業組合のお店を宣伝したり客引きするときに活躍する。また、国が国民に周知したいことがあるときも使われたりするが、王太子お抱えの伝達屋となれば意味が変わってくる。

国民への行いや慈善活動などを伝え、王族に好意を抱くよう仕向けたり、不満の声が上がったところへ行ったら時間稼ぎのために嘯く。

正直言って、トリスタンにそんな役割が務まるとは思えない。

「あいつ、王族への忠誠心だけはやけに高くて、それもあってお前たちに食ってかかっていたんだよ」

「何それ？　僕たちより、自分の方が側近に相応しいって？」

「怒るなよ。ラルフは俺を諫めることが多いだろ？　それを、敬っていないと勘違いしただけだ」

「ヴィルが気を抜かずに王太子らしくしていてくれれば、僕は諫めずにすんだんだけどね」

「学院でもずっと王太子らしくあれとか、疲れるから嫌だ」

「まぁ、どう言い訳しても原因はヴィルにあるのは確かだよ。トリスタンは跡取りだったんだから、伝達屋をさせるならディスドール家の対処は必要だったよね？」

ヴィルが怠らなければ、アンジェリカ嬢はあんな思いをしなくてすんだのではと批難すれば、さらに言い訳を続けた。

「いや、まさかトリスタンが貴族籍まで返上していると思わなくてだな。あの頃はネマの暴走やルノハークやらで追われていて、気づかなかったんだ」

気づいてから動こうとしたら、すでにディスドール侯爵が妾の子を後継として届けていたと。

トリスタンの代わりがいるなら、自分が出しゃばる必要もないと判断したらしい。

「じゃあ、アンジェリカ嬢の後継承認を取り消し、ディスドール家には分家から養子を引っ張ってくるの？」

「そうするつもりだ」

「ふーん。で、本当にアンジェリカ嬢には惹かれなかったの？」

「やけにつっかかってくるな。カーナディアやネマの方が王妃に相応しいと言ってもらいたいのか？」

「ヴィル、剣を持って外に出て」

戯れ言のつもりでも、言っていいことと悪いことがある。それを身をもって教えてあげるよ。

「ラルフ……本気にするな。すまん、俺が悪かった」

「ラース殿、愛し子であるネマの名誉のためにも、ヴィルに制裁を与えねばなりません。少しだけお目こぼしをいただけますでしょうか？」

「……グルル」

「ラース、許可するな。こいつがねちっこいの、お前も知っているだろ」

ラース殿のお許しが出たので、ヴィルを引っ張っていく。

ネマへの手紙にアンジェリカ嬢のことを書いたら、詳細を教えて欲しいときたので、事細かに書いて送った。

『愛するおにい様へ

庶民の憧れ、玉の輿恋愛模様！　貴族のご令嬢にはない素朴さや陽気さに、ヴィもドキドキしたことでしょう。

ディスドール家に養子を迎えさせ、アンジェリカ嬢を婚約者にというお話はもう出ているのかな？

もし、逢瀬をしていたとか、宴でいい雰囲気だったとかあったら教えてね』

恋愛物語を楽しんでいるかのような返事が来て、妹をがっかりさせたくないから、本気であの二人をくっつけようかと思った。

カーナからの手紙には、ぜひとも押し進めて欲しいと、ネマが精霊に頼んで二人の様子を覗くようだと綴ってあった。

アニレーとトマ探しでヴィルがライナス帝国へ赴くことが決まると、オスフェ家では密かに、ヴィルへ婚約者をあてがう企みが決行されることになった。

ヴィルが悪戯ばかりして初恋のピアリースに怒られていたことは、ネマがヴィルの扱いに困ったときにでも教えようかな。

ネマがどんな反応するか、凄く楽しみだね

異世界でもふもふなでなでするためにがんばってます。⑨

2020年7月18日　第1刷発行

著　者　向日葵

発行者　島野浩二

発行所　株式会社双葉社
〒162-8540　東京都新宿区東五軒町3番28号
［電話］03-5261-4818（営業）　03-5261-4851（編集）
http://www.futabasha.co.jp/（双葉社の書籍・コミック・ムックが買えます）

印刷・製本所　三晃印刷株式会社

落丁、乱丁の場合は送料双葉社負担でお取替えいたします。「製作部」あてにお送りください。ただし、古書店で購入したものについてはお取り替えできません。定価はカバーに表示してあります。本書のコピー、スキャン、デジタル化等の無断複製・転載は著作権法上での例外を除き禁じられています。本書を代行業者等の第三者に依頼してスキャンやデジタル化することは、たとえ個人や家庭内での利用でも著作権法違反です。

［電話］03-5261-4822（製作部）
ISBN 978-4-575-24298-0 C0093　©Himawari 2016